SA PETITE CHÉRIE

Colombe Schneck, née le 9 juin 1966 à Paris, est journaliste. *Sa petite chérie* est son premier roman. Elle est également l'auteur du récit, publié en 2006, *L'Increvable Monsieur Schneck*.

DU MÊME AUTEUR

L'Increvable Monsieur Schneck
Stock, 2006
et « Points », n° P1621

Colombe Schneck

SA PETITE CHÉRIE

ROMAN

Stock

TEXTE INTÉGRAL

ISBN 978-2-7578-0665-4
(ISBN 978-2-2340-5974-0, 1re publication)

Pour Balthazar, Salomé et Olivier

Pour le vrai Jean
et le faux François

François,

Nous passons du temps ensemble, nous nous parlons, vous savez que je pense tant à vous, vous êtes flatté, vous m'encouragez à vous aimer. Cela doit être si agréable. Vous écoutez gracieusement mes compliments, « Vous pouvez m'aimer, cela ne me gêne pas » et vous semblez penser que cela n'a pas d'importance.

À quinze ans, j'ai aimé un jeune garçon de mon âge. Il s'appelait Jean. Je croyais qu'il ne m'aimait pas et je me disais que j'aimais assez pour deux. J'ai grandi, aujourd'hui je sais qu'une histoire d'amour se vit à deux. Vous me dites « Vous rêvez de moi. Vous rêvez que nous faisons l'amour ensemble. Racontez-moi. Comment vous aimez ? Dans quelle position ? Décrivez-moi les courbes de votre corps. Quels sont vos désirs secrets ? Peut-être un jour, si vous êtes sage ou patiente, vous pourrez connaître les miens. »

Nous avons passé la soirée ensemble, vous aviez un pull-over à col roulé. J'ai essayé de deviner la naissance de votre cou. Les poignets qui dépassent des manches. Vos mains s'agitaient. Posées sur mon corps, comment me toucheraient-elles ? Je n'ai pas eu besoin, vous me parlez sincèrement :

« Je vous en prie, allez-y. Quoi d'autre encore ? Je ne suis pas insensible, je vous l'ai déjà dit. Mais je ne vous aime pas. Je n'éprouve aucun désir pour vous. »

J'ai pensé à Jean qui, comme vous, me reste inconnu. Non, merci, je n'ai pas besoin de deux Jean dans ma vie.

Pourquoi m'encourager, me téléphoner, me proposer de votre temps ? Qu'attendez-vous, que l'amour vienne ? Il ne viendra pas. Pas comme ça. Je peux vous oublier, il nous suffirait de ne plus nous voir.

Qui est l'imbécile ?

L'imbécile, c'est moi. J'aime les compliments, être aimé, j'aime la façon dont vous me regardez. Dans vos yeux, je suis beau. Parfois, je pense que nous pourrions vivre une petite histoire ensemble. Vous méritez davan-

tage, je sais, ce n'est pas une bonne excuse. Les femmes à qui les hommes disent Tu es trop bien pour moi, ce sont les femmes que l'on n'aime pas. Je pourrais vous demander d'être patiente. C'est inutile. Je ne veux pas vous voir souffrir, vous êtes si jolie quand vous souriez. Vous voyez, je ne vous aime pas, mais quand vous n'êtes pas là, je pense à vous, je vous parle. Je cherche des explications, je n'en ai pas. Cela m'est agréable d'être avec vous, peut-être parce que, encore une fois, je suis flatté de tant d'amour. J'ai regardé moi aussi vos poignets, votre cou, j'ai deviné vos hanches, je ne peux pas dire que tout cela me laisse indifférent, ce serait mentir. Je peux vous proposer quelques heures dans un hôtel. Et après ? Je ne crois pas que vous serez rassasiée. Non par prétention, non, je ne suis pas un amant inoubliable, je sais juste que je ne vous aime pas et que vous m'aimez. C'est injuste. Cela pourrait être le contraire. Cela devrait même être le contraire. C'est tout ce que je peux vous dire pour vous consoler.

François

Jean m'appelait sa « petite chérie ».

Nous étions des amis et nous avions tant de choses à nous dire. Nous avions quinze ans tous les deux. L'âge d'un premier amour. Pourtant, encore aujourd'hui, si je raconte ce qui nous lie, lui et moi, je ne sais pas si j'ai le droit d'utiliser ces mots, « premier amour ».

Il y a eu des conversations sans fin, ses mains posées sur mes épaules. Rien. Pourtant, je me souviens de tout.

La première fois que je me suis rendu compte de son existence, j'avais treize ans. Nous étions plusieurs classes réunies pour un voyage scolaire en Angleterre. Dans le train une dizaine d'entre nous partageaient une grande conversation ; la vie, la mort, l'amour, notre prof de maths est une conne.

Je crois que c'est Jean qui a posé cette question si troublante. Il l'a fait de sa voix claire qui, elle, semble ne jamais trembler.

« Qui a envie de se marier et d'avoir des enfants plus tard ? »

Ils ont tous crié : « Jamais de la vie, c'est nul ». Tranquillement, comme si cette question n'était posée qu'à moi par l'homme que j'aime, j'ai répondu : « Moi, oui ». Il a répondu : « Moi aussi ». On s'est regardés. Cela a été furtif. On devait être gênés tous les deux par cette réponse commune. Comme si cette question étonnante, nous nous l'étions posée l'un à l'autre. Comme si nous étions seuls dans ce compartiment de train.

L'idée que l'amour pouvait être un sentiment partagé par deux personnes m'était alors absolument étrangère. Aujourd'hui, je crois savoir que cela est possible. L'amour, c'était bien pour rêver de quelqu'un et de son regard. C'est peut-être pour cette raison, parce que j'en ai tant rêvé, que plus de trente ans après je peux encore décrire son air étonné. Nous avions ensemble une histoire d'une seconde à peine palpable. Mais en a-t-il le même souvenir ? Pour moi, c'est notre première rencontre. Nous avions treize ans et de cette année, tout ce que j'ai retenu est dans cet instant si bref.

On ne s'est pas reparlé de l'année. Nous étions dans une *public school* pour filles, et les garçons étaient dans un internat pour garçons.

À l'arrière d'un bus, à Manchester, cela aussi je m'en souviens très précisément,

Géraldine m'avait raconté que Jean aimait beaucoup une grande fille brune qui s'appelait Claire. « Il est même amoureux d'elle. »

Est-ce que j'avais été déçue ? Je ne pense pas. Jean appartenait à un autre monde, celui où l'on parle d'une voix assurée sans jamais bafouiller.

Il y a quelques années, Jean m'a appris qu'il avait vécu une histoire d'amour très forte avec Claire. Ils avaient dix-huit ans. Leur relation s'était brutalement terminée au bout d'un an.

Jean m'a alors regardée crânement et m'a dit : « Claire et ma femme, ce sont les deux véritables histoires d'amour de ma vie. » Cela ne m'a pas étonnée qu'il oublie mon nom dans la liste des femmes de sa vie. Après tout, qu'avons-nous ressenti de tangible ? Du trouble, de l'inquiétude, des mots, rien qui fabrique véritablement un amour à deux.

Nous étions toujours dans le même collège l'année suivante. Mais, je n'ai pas le souvenir de l'avoir croisé. J'avais quatorze ans et l'apparence sage. Je ne fumais pas. Je n'allais pas au café après les cours. J'écoutais pourtant avec fascination Gabriel Matzneff raconter à « Apostrophes » ses amours pour des filles de mon âge. Je tentais d'imaginer de façon plus ou moins précise ce que cela signifiait.

Mon seul vice était d'acheter un livre à la

librairie, de le lire et de l'échanger le lendemain contre un nouveau volume. Et cela sans étonner la libraire par cette fausse indécision perpétuelle. J'avalais toute chose écrite sans rien retenir. Je n'avais pas besoin de vivre les histoires d'amour. Elles étaient dans les livres et au cinéma et dans les récits racontés par ce Matzneff qui paraissait certain du plaisir qu'il aurait pu me procurer.

Jean devait avoir des loisirs beaucoup plus intéressants que j'imaginais alors de façon relativement floue. Il m'a raconté depuis qu'à cette époque ses grandes préoccupation et inquiétude étaient, bien sûr, le sexe. Il se demandait : mais où est ce fameux trou et comment ne pas se tromper ?

Notre histoire a eu un début. J'écris « notre » et j'ai l'impression d'usurper un titre. Il n'y a pas de « nous » dans l'histoire avec Jean. Il y a plutôt un « je » tout seul. Et ce « je » si seul a commencé le jour de la rentrée en seconde.

Brusquement, nous nous sommes salués.

Brusquement, car clairement pour moi il existe un monde « avant » et un monde « après ».

Le monde « après », c'est celui où il n'est pas impossible qu'un garçon et une fille marchent main dans la main.

Et encore une fois, en écrivant cela, je suis bien présomptueuse, car Jean et moi n'avons jamais marché en nous tenant par la main dans la rue.

Pourtant, ce jour-là, j'ai eu accès à un monde où cette chose si simple et si banale – marcher en tenant la main de Jean dans la mienne – est entrée dans le monde du possible.

Ce matin-là, Jean m'a souri et nous avons monté côte à côte l'escalier vers notre nouvelle classe. Je ne sais pas pourquoi, je me suis assise au premier rang, j'avais peut-être pris de bonnes résolutions. Ce qui m'a vraiment étonnée, c'est qu'il se soit assis à mes côtés. Comment un garçon qui fume et va au café peut-il s'asseoir au premier rang ? J'étais gênée et je regrettais mon audace – je n'étais pas une bonne élève qui méritait cette place et je trouvais que cela faisait fayot –, mais j'étais rassurée qu'il soit si proche.

Il a dû me sentir inquiète. Il m'a souri de nouveau.

Le professeur principal nous a décrit les objectifs de l'année. Il fallait travailler à deux. C'est Jean qui a suggéré que l'on s'associe. À sa façon de demander, c'était évident.

Nous devions préparer un dossier sur la Renaissance en vue d'un voyage scolaire à Florence. Il m'a proposé que l'on se retrouve chez lui le samedi matin. Ses parents étaient absents pour le week-end. Le soir en sortant de classe, je l'ai suivi au café si enfumé de la rue des Chartreux. Dans ce café, il était à l'aise sans être arrogant. Il me parlait gentiment sans se comporter comme ces garçons nunuches qui veulent être copains avec les filles. Il donnait le sentiment que la vie, les relations avec les autres, notre avenir, tout était facile.

Il paraissait droit et entier, sans gêne inutile. Il l'est toujours.

J'ai cru comprendre pourquoi, et je sais aujourd'hui que ce n'est pas une bonne explication, en allant chez lui ce samedi matin.

Il m'a ouvert la porte. J'ai fait quelques pas. Je n'avais jamais entendu mes chaussures provoquer un tel bruit sur un parquet. Leur crissement me poursuivait dans tout l'appartement. Le parquet était constitué de lattes anciennes parfois inégales. J'ai appris plus tard que l'on appelait cela du « point de Hongrie » et que ce style est très recherché par les agents immobiliers. Il m'a fait visiter sa maison. Cela a duré longtemps. Chez Jean, tout était si beau. Un musée dans lequel on aurait disposé quelques canapés et fauteuils afin d'admirer plus confortablement le lieu et les tableaux, sans effort.

Il y avait une immense bibliothèque qui donnait sur un jardin. Et les plafonds étaient si hauts qu'aux étagères étaient accrochées de longues échelles en bois pour dénicher des livres déjà lus.

Nous avons travaillé toute la journée. Le soir, mon père est venu me chercher. Il a ouvert des yeux ronds et m'a dit : « C'est vraiment bien de vivre dans un tel endroit et d'avoir la volonté de travailler. » J'étais étonnée de son étonnement. Mes quinze ans s'étaient habitués à cette immensité.

Et Jean aussi semblait s'être habitué à moi.

Il nous paraissait naturel d'être l'un pour l'autre les meilleurs interlocuteurs. Et ce « nous » est le seul qui ne me semble pas volé.

Nous étions l'un pour l'autre le meilleur pour écouter, comprendre, parler. L'un en face de l'autre, les mots se précipitaient. Les sujets étaient forcément graves et profonds. Enfin, nous les abordions comme s'ils l'étaient. Parfois incroyablement futiles. Et cela nous faisait rire. Toutes ces questions sur les filles et les garçons, les baisers avec la langue, comme si cela ne nous concernait pas. Ceux qui avaient osé davantage. Nous nous amusions de tout. Nous étions des amis.

Étais-je déjà amoureuse de lui ? Sûrement, mais je ne lui demandais rien de plus. Nous avions établi la liste de nos goûts communs. Il y en avait tant : les bains dans la Méditerranée, uniquement, les autres mers sont trop froides ou trop molles, les pommes vertes, les festivals de cinéma de l'Action Christine, les jeans foncés portés avec des baskets Stan Smith blanches, les parents sont gentils mais complètement dépassés. Chaque fois, nous nous extasiions : « moi aussi », « exactement pareil », « tout comme moi ».

Il était grand, brun et costaud, j'étais gauche à côté de lui, pourtant physiquement nous commencions à nous ressembler.

Nous étions tous les deux timides et enthousiastes. Prêts à nous emballer et, la seconde d'après, paralysés par notre audace.

Il ne me proposait jamais de rester dîner chez lui avec ses parents. Mais, souvent, il me suggérait de venir travailler en début de soirée le week-end. Et, fatalement, l'heure du dîner arrivait. Il ne disait rien. Que faire, rester dîner sans être invitée ? Partir ? Mais je n'avais pas du tout envie de partir.

Sa mère venait nous tirer de l'embarras et frappait à la porte de sa chambre : « C'est l'heure de dîner, on vous attend. » J'étais soulagée. Nous avions encore toute la soirée à passer ensemble. Lui avait l'air de trouver cela presque normal.

Je m'habituais presque à l'idée d'être aimée. Je voulais que nos conversations ne s'arrêtent jamais, il semblait d'accord. Ce qui me paraissait incroyable, c'est qu'il s'intéresse à moi. Je lui racontais dans le détail ma carrière de danseuse étoile ratée et il avait l'air passionné. Il narrait ses exploits sur les courts de tennis, et je suivais avec curiosité l'évolution de son classement. « Et combien d'enfants tu veux plus tard ? et tu préfères une fille ou un garçon en premier ? et comment tu les appelleras ? »

C'était si facile de lui parler, et puis tout à coup il y avait comme une gêne, le sentiment que je ne le méritais pas, que j'étais un imposteur, beaucoup moins maligne qu'il semblait le penser. Je n'osais plus répondre à ses questions, de peur de ne pas donner la bonne réponse. Et s'il n'était pas d'accord avec moi, s'il ne pensait pas comme moi, qu'adviendrait-il de nous ?

Je passais de la plus grande assurance à l'inquiétude.

Je me suis mise à faire des listes. À gauche, les gestes, les phrases qui pouvaient signifier qu'il m'aimait. À droite, tout ce qui pouvait signifier le contraire.

À gauche :

– il apprend par cœur des bouts de dialogue de *La Nuit américaine* et de *Domicile conjugal* de François Truffaut parce qu'il sait que j'aime tant ses films ;

– quand il me voit, il me sourit ;

– je le fais rire, parfois ;

– quand il me téléphone, il ne se présente plus, il dit juste « c'est moi » comme s'il était le seul. Et il a raison, il est le seul ;

– il trouve toujours des raisons pour que je reste plus longtemps chez lui.

Mais la liste de droite s'est rapidement allongée et a dépassé celle de gauche :

– s'il ne se passe rien, c'est que je l'aime toute seule ;

– les filles sont dingues de lui ;

– c'est évident, il est trop bien pour moi ;

– il ne me téléphone presque jamais, c'est toujours moi qui appelle ;

– vendredi dernier, il a dit qu'il m'appellerait ce week-end. Il a oublié ;

– je pense à lui tout le temps et je suis sûre que lui, jamais ;

– quand il m'arrive quelque chose, j'ai envie de le lui raconter tout de suite. Mais lui, je ne sais pas.

Son sourire de loin dans la cour de récréation, un petit mot en classe, « Tu déjeunes à la cantine ? » et j'étais rassurée.

« Mais bien sûr, il m'aime. » Une évidence à laquelle il m'arrive encore de me raccrocher.

C'est pendant le voyage scolaire à Florence que tout aurait pu commencer pour de vrai. Et que, par ma faute, tout s'est arrêté.

Jean m'avait parlé avec ce langage cru de l'adolescence. Nous étions dans le même compartiment de train. Il jouait avec un Walkman. J'avais le casque sur les oreilles. L'appareil était relié à un petit micro et il pouvait me parler à voix basse sans que personne autour de nous entende trop clairement ce qu'il avait à me dire. La question exacte était la suivante : « Tu ne veux pas qu'on sorte ensemble ? »

Il était si courageux. Il l'avait dit si simplement.

Moi, j'étais affolée. Si d'autres l'avaient entendu ? Comme s'il s'agissait d'une chose honteuse, que nous nous aimions.

J'ai répondu non avec la tête. Ce non de la tête me paraissait moins affirmatif qu'un non donné de vive voix.

Il me suffisait d'attendre qu'il me repose cette question si abrupte. Pendant ces quelques jours de voyage, dès que cela était possible, je me postais devant lui et j'attendais bouche bée qu'il me pose une question, n'importe laquelle, j'étais déterminée à répondre oui.

J'ai attendu peut-être trop longtemps mais je sais aussi que cet espoir idiot appartient à notre semblant d'histoire d'amour.

Nous avons cessé de nous parler à haute voix. Nous avons mis trente ans à oublier cette gêne qui nous tenait soudainement quand nous nous retrouvions en tête à tête.

Nous qui avions tant de choses à nous dire. Il me fallait désormais dialoguer seule. Nous étions à la peine. Nos goûts communs me paraissaient tout à coup insignifiants. Les mots ne sortaient plus de ma bouche ni de la sienne avec précipitation.

Désormais, nous ne parlions plus qu'en langage des signes. Il fallait tout traduire.

Nous nous sommes acheté la même veste en shetland dans un magasin Benetton de Florence. Est-ce le hasard, si nous la portions tous les deux avec un polo blanc ? Je le regardais pour essayer de comprendre. Il restait silencieux. Moi aussi.

En rentrant à Paris, nous avons continué à travailler ensemble. Ce n'était plus par choix. Chaque fois que le devoir était distribué, nous étions les deux derniers à ne pas avoir trouvé un camarade. On se regardait. « Cela ne te dérange pas ? » Non, je n'avais pas l'air de le déranger. Enfin, pas plus que cela.

Quand il a fallu travailler à trois, nous avons tous les deux demandé à Vincent, et c'est Vincent qui nous a réunis.

Je cherchais des signes et j'en trouvais de moins en moins.

Le soir, dans mon lit, je me rassasiais des quelques mots que nous avions échangés ensemble dans la journée. « T'as fait ton exercice de maths ? », « On pourrait aller au cinéma ? – Si tu veux », me répondait-il.

Regarde-moi, c'est évident, je suis amoureuse de toi. Il faudrait être un imbécile pour ne pas le comprendre. Tout le monde le sait sauf toi. Pourquoi tu ne me poses plus la question ? Tu ne m'aimes plus ?

Tout cela je ne le disais pas.

Je cherchais des prétextes pour le voir, l'appeler. Un livre de classe à emprunter. C'est sûr, je l'ennuyais.

Je faisais des détours pour passer devant chez lui. J'avais réussi à convaincre mes parents qu'il fallait emprunter la rue de Jean pour rentrer le dimanche soir de la campagne. Nous évitions ainsi tous les embouteillages de la place Denfert-Rochereau. Mon père, qui connaissait l'adresse de Jean et avait peut-être deviné le sens de ma démonstration alambiquée, consentait à cet énorme détour sans protester. Quand la voiture familiale roulait devant chez Jean, parfois je regardais bien en face, mine de rien, mais je ne pouvais m'empêcher de jeter un petit coup d'œil rapide en arrière au tout dernier moment. Juste à temps pour apercevoir la fenêtre de sa chambre. Parfois, je tournais la tête trop tard et ne réussissais qu'à voir au loin la lourde porte de l'hôtel particulier.

Quelques rares fois, j'assumais ce qui était devenu une obsession, et je dévissais la tête pour tenter d'apercevoir quelque chose. Un soir, j'avais vu de la lumière dans sa chambre et deux silhouettes. Suffisamment pour que mon imagination galope toute la nuit.

À qui appartenait la deuxième ombre ?

À une nouvelle fiancée ?

Même si, encore une fois, je ne pouvais même pas prétendre au titre d'ancienne fiancée.

Je me contentais de chercher son nom dans l'annuaire. Je pouvais le contempler sur une liste, cela suffisait à un bonheur fragile.

Sa mère, croisée devant le lycée et croyant faire plaisir à son fils, m'invita dans la propriété familiale pour le week-end. L'avait-on prévenu de cette invitation ?

Il m'a vue arriver avec mon sac. Nous étions face à face. Je lui ai dit : « Salut, ça va ? ». Il m'a répondu « Salut » et a tourné le dos.

Peut-être avait-il deviné mon petit manège ?

Avait-il aperçu la voiture de mon père roulant doucement en bas de chez lui le dimanche soir ?

Il ne m'a pas adressé un regard ni une parole de la journée. Pourtant, je n'ai pas un souvenir désagréable de ce drôle de week-end.

J'admirais tout, j'apprenais tout par cœur. Je voulais appartenir à son monde.

Même temporaire, c'était la meilleure place. Une place qui permettait d'imaginer ce qu'aurait pu être une vie dans le costume idéal de « petite chérie » de Jean.

Je savais que le retour à la vie normale serait rude mais pour le moment cela n'avait pas d'importance.

Il était à mes côtés, enfin, à portée de vue. Je le regardais jouer au tennis, manger, jouer gentiment avec son petit frère, se moquer de sa maman, blaguer avec son père.

Le soir venu, je suis montée dans ma chambre. La chambre de Jean était mitoyenne. J'ai passé une bonne partie de la nuit à épier le moindre bruit. Il se déshabillait, fermait les volets, se retournait dans son lit. Tous ces infimes et précieux bruits, c'était lui, et ils m'appartenaient pour le moment.

C'était notre première nuit ensemble.

Le matin, j'ai attendu le grincement de sa porte pour me précipiter. Peut-être me dirait-il bonjour et le dialogue pourrait-il reprendre ? C'est son petit frère que j'ai surpris. La chambre de Jean était à l'autre bout du couloir. J'avais raté ma première nuit avec lui.

Il y a cinq ans, dans un hôtel de bord de mer, j'ai vécu une nuit identique. Jean dormait dans une chambre contiguë à la mienne. J'ai épié les mêmes bruits. Pourtant, je ne pensais pas à Jean mais à un autre.

En rentrant à Paris après ces deux jours passés dans la famille de Jean, j'étais de très mauvaise humeur.

J'étais en « descente », comme disent les drogués. Il fallait se rendre à l'évidence, je n'étais pas la petite chérie de Jean.

Il y avait encore un espoir. La boum de fin d'année chez Vincent.

J'ai attendu cet événement tout le mois de juin avec impatience.

J'imaginais le déroulement de la soirée. Le dénouement serait forcément heureux. J'ai toujours été trop optimiste.

Au début, Jean et moi, nous serions tous les deux timides. Peut-être que je danserais avec Vincent pour rendre Jean jaloux. Juste pour l'encourager à m'inviter à danser un slow. Je sentais déjà son regard au moment où Vincent m'enlacerait.

Quand Vincent mettrait *Hotel California*,

ce serait le moment ou jamais. Je regarderais Jean plus longuement pour qu'il comprenne.

J'étais décidée à ne pas baisser les yeux au cas où il aurait l'idée de m'inviter à danser. Je le savais, un jour, tout rentrerait rapidement dans l'ordre. Jean avec moi. Vincent avec Claire.

Cela aurait pu arriver cet après-midi-là. Si Jean avait été muet jusqu'à présent, c'est qu'il m'aimait en secret.

Le matin de ce samedi de la fin juin, ma grand-mère Colette est morte.

J'ai pleuré et je ne suis pas certaine des raisons de mes larmes. Le décès de ma grand-mère, ou la déception de ne pas pouvoir me rendre à la boum de Vincent ?

Il n'y avait plus rien à dire, Jean et moi, ce n'était plus une histoire particulière, juste deux adolescents aux banales conversations d'adolescents, les devoirs, les nouveaux films. Ce qui nous importait, nos vies et nos amours futures, nos familles et déjà nos souvenirs d'enfance, nous les partagions avec d'autres. Ce trouble même qui faisait notre seul lien, notre seul lien amoureux, avait disparu.

En août, j'ai passé une semaine de vacances chez ma meilleure amie, Caroline. Elle m'a avoué que, le soir de la boum chez Vincent, elle et Jean s'étaient embrassés.

On lui posait la question : « Tu as un petit copain à Paris ? » Elle répondait : « Oui, il s'appelle Jean. » On me posait la même question. J'étais trop embarrassée pour répondre. J'aurais bien aimé pouvoir dire : « J'avais un petit copain, il s'appelle Jean, cela a duré quelques semaines et puis on s'est séparés. » J'aurais même aimé avouer : « Il m'a jetée, c'est un sale con », ou mieux encore : « Je l'ai jeté, il est trop con. » Mais non, je ne pouvais même pas exposer cette fierté.

La véritable histoire aurait été trop courte à raconter.

Si quelqu'un avait pris le temps, cet été-là, de m'interroger, qu'aurais-je bien pu raconter qui ne tienne pas en quelques phrases ?

Mon cœur était serré, mais ce n'était pas tragique. J'avais l'assurance qu'il y en aurait d'autres.

J'avais pourtant le sentiment d'avoir raté ma première histoire et mon début de vie de grande.

L'année scolaire suivante fut une année entière de silence. Celle de nos seize ans.

Nous n'étions plus dans la même classe.

Nous nous croisions dans la cour de récréation sans nous reconnaître. Le lien était défait.

La rentrée de septembre suivante était celle de terminale. Notre dernière rentrée scolaire, notre dernière chance. J'espérais que, comme une éponge sur une ardoise, les vacances auraient tout effacé et que nous pourrions recommencer à zéro.

Nous n'avions pas les mêmes amis. Je faisais semblant de l'avoir oublié, espérant qu'il me remarquerait à nouveau. Il paraissait m'ignorer pour de bon.

Un vendredi d'octobre, nous nous sommes retrouvés face à face. C'était la première fois, depuis dix-huit mois.

Il m'a dit : « Salut, ça va ? ». J'ai acquiescé : « Ouais, ça va et toi ? ». Il n'a pas eu le temps de répondre, la cloche a sonné.

J'avais deux heures de cours. Pendant ces deux heures, je n'ai pensé qu'à lui. Peut-être allions-nous de nouveau nous parler ?

En sortant de classe, j'ai rejoint Vincent et Caroline au café de la rue des Chartreux. Je me suis assise dos à la porte. Devant moi, il y avait une glace au-dessus de la banquette et je l'ai vu entrer. J'ai baissé la tête. Il se tenait derrière moi et il a posé ses mains sur mes épaules. J'ai levé les yeux. Nos regards se sont croisés dans la glace. Il a pris un air ennuyé et, comme s'il ne me reconnaissait pas, il s'est exclamé : « C'est à qui ces épaules ? »

« Quel con ! » Je ne l'ai pas dit à haute voix.

J'ai décidé de ne plus souffrir. Je cherchais toutes les bonnes raisons pour ne pas l'aimer. J'étais arrivée à me convaincre : si je l'aimais, c'était en raison du parquet à points de Hongrie et de tout ce qui allait avec.

Ce n'est vraiment pas une bonne raison pour aimer quelqu'un. Mais existe-t-il de bonnes raisons pour être amoureux ? et de mauvaises pour ne plus aimer ?

Encore aujourd'hui, j'ai du mal à comprendre ce qui nous lie.

Cette histoire, tout au long de ces années, l'ai-je vécue toute seule ?

À dix-sept ans, tout paraissait finalement plus clair. Je n'avais rien à attendre de lui. Je m'étais bâti quelques illusions l'année précédente.

Cette question qu'il m'avait posée, « Tu ne veux pas qu'on sorte ensemble ? », n'était qu'une blague d'adolescent. Un défi qu'il s'était imposé à lui-même ou à d'autres. « T'es pas cap de lui demander », et il l'avait fait.

Je n'avais été pour Jean qu'une copine de classe, sympa pour préparer des devoirs. Jamais je n'avais été une petite amie potentielle. D'ailleurs, il me l'avait dit, l'année de terminale, alors qu'il nous arrivait d'échanger quelques mots : « Tu n'es vraiment pas mon genre. Si tu avais été blonde et sportive, peut-être. » Pour la première fois, je l'avais trouvé ridicule. De toute façon, nous n'avions plus rien de spécial à nous dire.

Les garçons avaient commencé à me tourner autour comme des dingues.

J'étais pourtant la même que l'année précédente mais je sentais qu'ils me regardaient curieusement. J'étais tout à coup devenue une jeune fille. Et tout était vraiment possible.

J'allais connaître de nombreuses premières fois.

La première fois qu'un garçon m'a proposé de m'éviter de marcher deux cents mètres et de me déposer en Solex, je n'ai pas compris pourquoi il insistait.

La première fois qu'un type m'a suivie à la sortie de La Pochothèque rue Soufflot et m'a demandé s'il pouvait juste me regarder lire. J'ai refusé. Si je m'en souviens encore aujourd'hui, c'est que j'avais compris et que j'étais flattée.

La première fois qu'un débrouillard a spontanément offert ses services pour réparer mon vélo. J'en ai profité.

La première fois que le père d'une copine m'a fixée avec ses yeux bleus. Je n'ai pas baissé les miens.

La première lettre d'amour, le garçon n'avait pas osé me l'envoyer, elle était sur son bureau de lycéen, « Je t'embrasse, comme je t'aime ». Je n'ai pu la lire qu'à l'envers et je n'ai jamais osé lui dire que je l'avais lue.

La première fois, et je l'ai choisi parce qu'il était beaucoup plus vieux et qu'il n'osait pas. Je lui ai menti.

Tout à coup, on me parlait à nouveau en français. J'avais abandonné le langage des signes et la traduction de faits insignifiants. Jean a remis sa veste en shetland gris, celle que nous avions achetée ensemble pendant le voyage scolaire à Florence. Était-ce un signe qu'il souhaitait me parler ?

La fin d'année approchait. Ma petite machine d'espionne pour déchiffrer les messages codés de Jean était souvent grippée. Je n'avais plus besoin de m'en servir.

Le vocabulaire des audacieux avait beaucoup d'avantages.

Un soir, Vincent était ivre et il m'a dit : « Tu ne te rends pas compte. Tu es inaccessible ».

Alors je l'ai embrassé et j'étais très fière de moi. Tout me paraissait simple.

Jean m'a demandé : « Alors, toi et Vincent, c'est pour de vrai ? »

J'ai tenté une dernière fois de déchiffrer son visage. Il ne marquait qu'une simple curiosité. Il n'y avait aucun amour caché dans le regard de Jean.

Aujourd'hui, je sais. Il m'est facile de relire ces événements et de leur donner une autre signification.

Comment une évidence peut-elle se troubler à ce point ? Comment peut-on traduire aussi mal un regard, un mot ? Désormais, notre lien me paraît si clair. Tout a toujours été possible entre Jean et moi.

Nous avons eu notre baccalauréat et nous sommes partis en vacances ensemble.

Ensemble est un grand mot. Jean était invité dans le sud de la France chez Claire. Je résidais, moi, à quelques kilomètres chez les grands-parents de Vincent.

On se croisait tous les jours, comme au lycée, mais chaque fois par hasard.

Jean me demandait : « Tu sors ce soir ? » Je lui répondais : « Oui, je crois », sans préciser l'endroit. Je n'avais pas besoin de faire semblant de l'encourager, il n'y avait qu'une seule boîte possible. Le soir, on y était tous les deux. On ne dansait toujours pas ensemble. Moi, je dansais avec Vincent. Lui, avec Claire.

Si nous étions tous les soirs dans la même boîte de nuit, ce n'était pas pour être ensemble. Il nous arrivait d'échanger quelques mots. Parfois plus. Un soir, Jean a posé ses mains sur mes épaules, comme il l'avait fait l'année précédente au café des Chartreux. Cette fois-ci, c'était beaucoup plus doux. Il faisait si chaud. Ses mains étaient brûlantes. Mes épaules étaient nues, je sentais sa peau sur moi pour la première fois. Quelques secondes à peine plus longues que celles où nos regards s'étaient croisés dans le train pour Manchester. Est-ce que j'aurais dû me retourner ? Lui prendre la main ? J'avais dix-huit ans et aucun mode d'emploi.

Vincent est arrivé. Jean a retiré ses mains.

Ce n'était que le hasard qui nous réunissait. Rien de plus. Je cherche dans mes maigres souvenirs de cet été-là. Nos derniers moments ensemble, les indices de moments plus forts. Je crois que Jean a rougi dès l'instant où il a retiré ses mains. Il était de dos. Je m'en suis rendu compte en me retournant, prête à l'encourager un tout petit peu.

Un après-midi, nous nous sommes croisés dans une rue étroite du village où nous passions nos vacances, Jean a dû me dire « à tout à l'heure ». Me fixant ainsi un rendez-vous plus formel que d'habitude.

Un autre jour, j'ai eu l'impression qu'il me

proposait de jouer au tennis avec lui. Il insistait sur le fait qu'il était agréable de jouer très tôt le matin et que je devais profiter de ces quelques heures plus fraîches. Je n'ai pas osé l'encourager. J'ai eu peur qu'il trouve mon jeu ridicule. J'ai compris qu'en trente ans nous avions fait beaucoup de progrès quand il m'a répondu, alors que je lui suggérais de se retrouver à une fête organisée par Vincent : « Si tu y vas, j'y vais. »

Dans le train du retour, nous nous étions assis l'un à côté de l'autre. Seuls. Nous n'avions pas choisi nos places. Juste suivi les numéros inscrits sur nos billets. Une chance énorme.

J'ai posé ma tête contre son épaule pour dormir. Il a posé la sienne contre mon visage. Nous avons dormi ainsi, comme si naturellement nous avions toujours été des amoureux. Arrivés à Paris, il m'a juste dit « alors salut ». J'ai répondu « à bientôt » et j'ai ajouté « on se tient au courant ». Cela me paraissait plus optimiste qu'un simple « salut ». Je ne me donnais pas de durée pour ce « à bientôt » mais il ne pouvait raisonnablement dépasser les quelques mois. Nous n'avions pas de raison de nous revoir. Je cherchais bien des prétextes pour lui téléphoner. Mais je n'en trouvais plus. Il avait sûrement entendu mon « à bientôt » et mon « on se tient au courant ». Il pouvait m'appeler. Il ne me dérangerait pas.

Nous ne nous sommes pas revus pendant cinq ans.

J'ai alors plongé dans un autre monde. Celui de l'hôpital, de la mort, un monde où l'on ignore le temps qu'il vous reste à vivre, quelques jours ou quelques mois. Un monde dans lequel je suis entrée avec la naïveté et l'optimisme qui sont mes protections habituelles et dont je suis sortie un an après, nue. Jean n'appartenait pas encore à ce monde. Enfin, c'est ce que je croyais. Il m'a avoué longtemps après qu'il y avait fait aussi un long séjour.

Moi qui aime tant dormir, je ne dormais plus. Toutes les nuits je dansais, je buvais, je suivais le même homme dans toutes les fêtes, tous les matins j'étais à la bibliothèque, tous les après-midi, dans un amphithéâtre, mais tous les soirs, au moment du dîner, à l'heure où les visites ne sont normalement plus autorisées mais où dans certains services dits « compassionnels » le règlement est appliqué de manière plus floue, j'allais voir, dans le bâtiment le plus éloigné de l'entrée au public de l'hôpital Cochin, mon père mourir.

J'avais ensuite rendez-vous avec un homme.

Je l'aimais davantage qu'il ne m'aimait. Je sais que c'est normalement impossible, que cela ne marche pas comme cela, qu'il n'y a pas de bonnes raisons pour aimer, mais je suis arrivée à le convaincre de m'aimer lui aussi. Peut-être a-t-il eu pitié ? Pourtant, je n'étais pas triste et je n'ai pas un souvenir triste de cette année-là. La nuit, l'alcool, l'amour, les livres épais de l'université, les médecins faussement optimistes, les amis qui ne comprenaient rien ont richement rempli chaque minute de cette année où j'ai tant grandi. Je savais désormais qu'il n'y avait plus un moment à perdre, que moi aussi je pouvais mourir demain. Il fallait tout vivre, ne pas avoir peur et ne pas se plaindre car nous étions en vie. Si je voulais de cet amour-là, je pouvais me battre contre un fantôme, mon père ne pouvait pas mourir. Je ne savais pas que cela était possible.

Cette bataille pour conquérir cet homme de la nuit, contre la mort, a duré un an. Enfin, une année d'enfant, une année scolaire où tout recommence en septembre et où on peut tout effacer en juin.

Mon père est mort, l'homme de la nuit a été terrassé. J'ai gagné sur l'un des fronts. C'était une victoire vaine, je n'en voulais plus. Comme un jouet tant désiré qui perd tout attrait une fois le paquet ouvert, il était là, à mes pieds. Il ne désirait que moi et je n'en voulais plus. Lui et son amour, je les trouvais ennuyeux et même répugnants. J'avais envie de parler à Jean. Je m'inventais des dialogues avec lui, puis avec d'autres. Le seul avec qui le dialogue serait éternel était mort.

« Vous connaissez Jean ? », « Vous avez des nouvelles de Jean ? », « Comment va Jean ? »

N'importe quel sujet de conversation avait un lien évident avec Jean. Un film ? Je l'avais vu avec Jean. Un voyage ? Jean connaissait parfaitement l'endroit. Une campagne électorale ? Je connais un garçon, il s'appelle Jean et il ne s'intéresse pas du tout à la politique.

J'avais vingt-trois ans et je me disais : « J'étais bête à quinze ans. Aujourd'hui je sais, comment on dit, comment on montre qu'on aime. Je sais dire Oui. Si je rencontrais Jean, je saurais exactement quoi lui dire. »

L'avenir a parfois montré le contraire.

J'habitais à New York, les premières semaines, j'avais eu du mal à comprendre le système du *date*. Un dîner, cela veut dire que l'on est intéressé. Un deuxième dîner, on s'embrasse, un troisième dîner, c'est une nuit d'amour.

Un code rigide mais qui a ses avantages. Plus de soirées entières à imaginer ce que signifient une invitation à dîner ou l'oubli, sur un banc, d'une veste en shetland gris.

J'étais très amoureuse.

Ce n'était pas de Jean. J'étais attirée par ce qui brille. T. était beau et célèbre. Il chantait des chansons d'amour.

Nous nous étions rencontrés dans un petit avion qui nous conduisait vers une île des Caraïbes. Je l'avais repéré à l'aéroport. Les places dans cet avion n'étaient pas numérotées. Je l'ai laissé s'installer en premier et je me suis assise à côté de lui. Je ne sais vraiment pas pourquoi, je lui ai raconté l'histoire ratée avec Jean. Peut-être pour compenser l'assurance qui m'avait amenée à ses côtés.

Il a ri. Il m'a avoué qu'il était très amoureux d'une actrice. Aussi célèbre que lui. Cet hiver-là, on la voyait partout sur des affiches avec un grand chapeau de paille. Elle ne l'aimait pas. J'écoutais la chanson que cette histoire d'amour lui avait inspirée, j'avais la gorge serrée. On s'est consolés ensemble. J'arrivais à lui faire croire que je n'étais pas impressionnée par ce qui l'entourait.

Nous sommes rentrés à New York. Il a proposé que je m'installe chez lui. J'ai eu du mal à m'habituer à ses amis aussi riches et célèbres que lui, aux regards des *doormen* de son immeuble.

Pariaient-ils, ensemble, les portiers, les amis riches et célèbres, sur la durée de notre histoire ?

Une semaine, un mois, une saison ? J'ai tenu un an.

Pour T. tout paraissait facile. Mais, pour moi, la vie avec lui était un effort permanent. Être toujours jolie, gaie, spirituelle, sur le qui-vive, cela n'avait rien de naturel.

De retour à Paris pour quelques jours, j'ai revu Jean. Il était marié, heureux. Cela faisait cinq ans et mon cœur ne s'est pas affolé. J'étais épuisée.

Vincent et Caroline avaient entendu parler de mon histoire avec T.

Ils voulaient tout savoir. J'ai tout raconté avec plaisir.

Jean écoutait. J'en rajoutais, oubliant le travail permanent que constituait ma nouvelle fonction de « petite amie de T. ».

Avant de partir, Jean a juste eu le temps de me glisser que sa femme lui avait demandé qui j'étais. Il ne m'a pas dit ce qu'il lui avait répondu. Qu'aurait-il pu expliquer ? une copine de classe ? un flirt raté ?

Une asperge de notre classe qui, jusqu'à présent, ne m'avait jamais adressé la parole, me supplia de lui raconter T. Elle m'a donné une photo pour que je lui obtienne une dédicace. Je l'ai déchirée en petits morceaux. Pour que T. me garde chez lui, il fallait jouer cette fiction : il n'était pas célèbre, je n'étais pas impressionnée.

J'étais grisée, mais je me demandais si j'allais passer le reste de ma vie dans un tel état de tension.

T. déclamait son amour pour moi éternel. Je lui répondais de la même manière. Je n'étais pas sûre de le croire.

Quand T. m'a quittée, il avait certainement trouvé plus jolie, plus jeune. J'ai cru que je n'existais plus. J'ai pleuré trois jours entiers sans m'arrêter. J'ai compté les heures puis les jours sans lui. Je l'ai suivi dans la rue. J'ai tenté de le rencontrer par hasard dans un de ses restaurants préférés. Je l'ai aperçu. Il m'a envoyé un bref baiser de la main. Il fallait recommencer à zéro ce douloureux compte des jours sans lui, des jours gagnés.

J'imaginais la joie du portier qui avait gagné son pari : « Elle a tenu un an. Je savais qu'elle pourrait dépasser la barre des quelques semaines », a-t-il dû expliquer à son collègue qui m'avait vue avec un physique de fille qui ne tiendrait pas trois jours.

Je ne sais pas combien de dollars ce portier a gagné grâce à ma persévérance.

T. a écrit une chanson sur une «*parisian girl*». Je sais qu'elle ne lui a rien rapporté. La musique était trop joyeuse, pas du tout dans son répertoire habituel, et elle jurait avec les paroles factices, comme celles du bonheur que nous affichions ensemble.

Je suis rentrée à Paris. Jean est l'une des premières personnes que j'ai appelée. J'étais prête à ne plus tricher. Raconter la véritable histoire avec T. et, si j'en avais le courage, l'année de nos quinze ans. Combien je l'avais aimé. Lui.

Jean venait d'avoir son premier enfant.

Je faisais semblant de m'intéresser à son fils. Je lui posais de nombreuses questions sur la paternité. Nous avions trouvé un sujet de conversation presque apaisant. Je ne pouvais m'empêcher de penser à ce que serait une vie tranquille, loin de T., avec Jean et un enfant.

Et puis, non, le bébé était en trop. Un jour, en rentrant d'un goûter d'enfant chez Jean et sa femme, je suis allée me coucher. Il n'était que 6 heures du soir. Je ne voulais pas me réveiller.

C'est la seule fois de ma vie où j'ai vu ma mère inquiète pour moi. « J'ai cru que tu étais morte », m'a-t-elle dit en souriant.

Comment avons-nous fait pour nous fâcher, Jean et moi ?

Son fils avait des problèmes de santé. Je n'ai pas téléphoné pour prendre de ses nouvelles. Il m'avait pourtant raconté, lors d'une de nos rares rencontres, les visites chez les différents spécialistes, les examens. Cela ne me concernait pas encore. Je ne connaissais pas cette inquiétude qui ne vous quitte plus dès la naissance de votre enfant.

Je ne savais pas qu'un parent à l'apparence saine peut, en un instant, se transformer en fou paranoïaque. « S'il lui arrivait quelque chose, s'il était enlevé, s'il mourait, alors ma vie s'arrêterait également. » Je croyais momentanément que la plus grande souffrance était de ne plus faire partie de la vie de T.

Je n'ai pas appelé Jean. Je n'ai su que beaucoup plus tard qu'il avait été déçu. Il l'avait dit à Vincent qui me l'avait répété avec délectation : « Il avait besoin de toi et tu l'as ignoré. Mais, si tu veux, on peut déjeuner un jour ensemble, j'appartiens à ce petit groupe de plus en plus restreint : ceux que tu n'as pas encore déçus. Enfin, pour l'instant. »

J'ai laissé un long message à Jean. Il ne m'a jamais rappelée.

Dans mes rêves, je passais des bras de Jean à ceux de T., je les aimais tous les deux. Ils se complétaient parfaitement. J'avais besoin des deux et pourtant aucun ne m'enlaçait en vrai.

Quand je pense à tous ceux que j'ai cru aimer pendant ces quelques années, c'est effrayant. Un long ratage. J'ai pleuré pour des hommes dont je me souviens à peine du prénom. Ce qui me dégoûte encore plus, c'est ceux qui m'ont aimée et que je n'aimais pas. Un tel gâchis d'amour, ces lettres, ces coups de fil, ces dîners sans issue. Certains ont été persévérants, ils ont eu droit à davantage qu'un baiser. Je préfère ne pas m'en souvenir. Je dînais avec un jeune homme cravaté et je parlais à Jean. Je me promenais avec un petit gros et j'imaginais un grand maigre, comme T.

J'ai construit une vie heureuse sans Jean. Et, comme par enchantement, j'ai oublié T. et j'ai presque oublié Jean. Il était temps.

Je me suis mariée avec un homme qui brille. Le plus intelligent, le plus beau, le plus charmant, celui qui sait parler aux filles, celui dont on parle parce qu'il fascine, parce qu'il n'est pas comme les autres et que l'on ne s'ennuie jamais avec lui.

Pourtant, il ne m'intéressait pas, c'est peut-être comme cela que je l'ai séduit, sans le faire exprès. Il me convoquait : « Je crois que je suis amoureux. » « Non, je ne crois pas que cela soit réciproque. » J'étais sincère.

Il parlait beaucoup et il avait des réponses à toutes mes questions.

J'ai été flattée, heureuse puis amoureuse. En quelques jours, T. s'est effacé. Il n'en restait rien.

La vie semblait enfin facile. J'avais tout. Un homme s'était battu pour que je lui appartienne. Je regardais mon mari à la dérobée. Il était tout à moi. C'était si nouveau, d'aimer et d'être aimée en retour. Je ne faisais aucun effort pour être remarquable. Mon mari m'aimait, pour le moment, telle que j'étais.

Ce n'est que beaucoup plus tard qu'il s'est rendu compte que j'avais quelques défauts. Ils sont pourtant bien visibles. Il ne les voyait pas encore.

J'étais enceinte, je me surprenais à danser seule dans la rue. J'ai failli oublier l'existence même de Jean. C'est Caroline qui m'a appris que Jean et sa femme divorçaient. Je n'avais aucun regret.

J'ai dû intriguer pour obtenir son numéro de téléphone. Pour la première fois, j'ai été audacieuse. Je rappelais. Jean ne répondait pas à mes appels. Je suis arrivée à le surprendre. En deux coups de fil, pris de court, il m'a invitée à déjeuner.

J'ai préparé mon numéro devant une glace. D'abord, il faudrait que je lui explique pourquoi je ne l'avais pas appelé, quand son fils était si malade. Je lui présenterai mes excuses, le plus humblement possible. Si j'en ai le courage, et je m'en croyais capable, je lui raconterai tout. Combien j'avais été amoureuse de lui. Combien j'avais rêvé de lui. Ce sera peut-être une consolation.

Comme s'il avait deviné mon numéro, il a reporté notre rendez-vous. « Je n'ai pas besoin de ta pitié, surtout de la tienne. »

« Jean a changé. » C'est Vincent qui me l'a assuré. Nos enfants étaient dans la même crèche. On se parlait rapidement le matin en déposant nos petits paquets. Quelques minutes, « comment ça va ? », « et toi ? ». Il avait quand même trouvé le moyen de me parler de Jean.

« Tu ne le reconnaîtrais plus. Lui qui était si timide avec les filles, et tu en sais quelque chose.

– Je n'en sais rien.

– Comme tu veux. Je le vois régulièrement, je peux te dire qu'il s'amuse.

– Qu'est-ce que cela veut dire, il s'amuse ?

– Il est amoureux, mais tous les six mois d'une fille différente. »

Toute la journée, j'ai eu cette phrase dans la tête.

Comment faire avec un homme amoureux tous les six mois d'une fille différente ?

Ce problème ne me concernait pas.

Mais, parfois, pendant les longues absences de mon nouveau mari, j'imaginais des stratagèmes pour séduire Jean. C'était juste un moyen de passer le temps. Mon bébé faisait de très grandes et bonnes nuits, j'avais du temps pour rêver. C'était juste un jeu innocent. Je composais son numéro de téléphone, les premiers chiffres, et laissais le dernier en suspens. Il y avait plusieurs scénarios possibles de conversation avec Jean.

De véritables histoires, avec un début, une fin, rien à voir avec la vague chronologie de rencontres inabouties entre Jean et moi.

J'aimais bien imaginer des scènes larmoyantes.

Je cours, il me rattrape et se jette à mes pieds.

Je l'ai aimé puis quitté. Aujourd'hui, je me sens coupable. Comment me faire pardonner ?

Je suis en colère. Il m'abandonne pour une autre femme alors que je suis enceinte. À la naissance de l'enfant, il me supplie de l'aimer à nouveau.

Mon mari arrivait à temps pour me ramener à la vie réelle et m'éviter ce désastre sentimental.

Il m'a sauvée de nombreuses fois.

Un collègue importun me poursuivait. J'étais un tout petit peu flattée. Je lui avais laissé quelques espoirs, un léger trouble s'était installé. J'ai reçu un bouquet de pivoines à la maison avec un mot que je n'ai pas déchiré.

Mon mari a téléphoné à l'importun devant moi. « On se retrouve devant la place du Lion à Denfert demain à 20 heures. Si vous n'êtes pas là, je vous coincerai à votre bureau. » L'importun était grand avec de fortes épaules. Mon mari est longiligne et, comme son héros Winston Churchill, n'est jamais entré dans une salle de sport de sa vie.

La scène m'a été racontée par un témoin qui a tenté de les séparer. Mon mari l'a giflé, le grand costaud a risqué une action qui a été esquivée. Ils ont roulé à terre, la tête de mon mari a heurté un banc. Ils se sont retrouvés à l'hôpital.

J'étais folle de bonheur, ma vie était plus intéressante qu'un film.

Pendant dix ans, mon mari m'a protégée avec beaucoup d'application de mes tentatives de tout gâcher. Il était comme une barrière contre ces histoires d'amour ratées.

Je m'efforçais de poursuivre quelques échecs attendus, chaque fois il me rattrapait fermement avant la catastrophe.

Le désastre ne pouvait venir que de moi. Mon mari était volage mais j'étais sa préférée. J'en avais la conviction, jamais il ne me quitterait.

Ce furent des années apaisantes. Je suivais Jean, de loin, sans le voir ni lui parler. Je connaissais les grandes étapes de sa vie. Il m'arrivait de ne pas songer à lui pendant des mois. Puis, un rien, et il revenait en pensées. Il y avait toujours quelqu'un pour répondre à des questions que je posais sans aucune fidélité.

Un matin de septembre, je me suis rendue à l'enterrement de la mère de Jean. Je peux le dire sans honte, il y avait ce secret plaisir, enfoui avec la tristesse de ce jour-là : voir Jean.

J'apercevais de loin le dos de Jean. Jean, en homme de trente-cinq ans. J'observais sa nuque. Je fixais tous les détails, la tête légèrement baissée, les cheveux trop longs, l'écharpe bleue qui s'entortillait. J'avais envie d'enlever cette écharpe et de bien la lui remettre pour qu'elle n'ait plus de plis, qu'elle soit plus douce autour de son cou. J'attendais qu'il sente mon regard et se retourne. Il ne s'est jamais retourné.

Devant la tombe de sa mère, nous nous sommes embrassés. Sa joue était humide et tiède contre la mienne. J'ai serré son bras, il m'a enlacée. J'avais soudainement trop chaud. Dans un sanglot, il m'a murmuré quelque chose à l'oreille que je n'ai pas compris. Il ne nous était rien arrivé de plus intime en vingt ans. Nous nous étions enfin touchés.

Ma nouvelle famille me rendait parfaitement heureuse. Mais une chaleur m'envahissait quand je tentais de deviner ce qu'avait pu me dire Jean ce matin-là. L'incongruité de la situation, nous étions devant la tombe de sa mère, il pleurait, j'avais la gorge serrée, ne me gênait pas. Nous n'avions jamais été soudés l'un à l'autre.

Nous avions ainsi vieilli tous les deux.

Parfois, elles se rejoignaient. C'était sans conséquences. Nous n'avions plus vingt ans. Nous étions fermement installés dans des vies apaisantes.

Il ne nous a fallu que deux soirées passées ensemble, trop rapprochées, pour que je sente que tout était encore possible. Jean et moi pourrions partir en courant et détruire ce qui nous rendait heureux.

À la fin de l'hiver, Vincent a organisé une fête chez lui. Jean m'a prévenue : « Si tu y vas, j'y vais ».

Puis, il y a eu une seconde chance, au printemps, lorsque nous avons fêté les vingt ans de notre baccalauréat.

Ce que Jean m'a avoué ce soir-là est une évidence. J'ai mis si longtemps à le réaliser. Nous étions l'un pour l'autre le premier amour.

J'avais beaucoup hésité à aller chez Vincent. Je ne m'étais décidée qu'au dernier moment. Jean serait là, il m'avait prévenue.

Nous nous sommes retrouvés face à face, aussi mal à l'aise l'un que l'autre. Enfin, j'étais mal à l'aise, lui, je ne sais pas.

J'avais le trac. J'étais ravie par son message « Si tu y vas, j'y vais ». Que voulait-il dire exactement ? C'était juste gentil ou plus ?

Jean était accompagné de sa nouvelle fiancée. Elle ne le quittait pas des yeux.

Il s'est assis à mes côtés.

« Cela me fait tellement plaisir de te voir. »

J'ai essayé d'être aussi entière que lui.

« On ne se croise pas assez par hasard. On pourrait déjeuner ensemble. »

J'ai cru le voir rougir. Sa fiancée nous a rejoints. Il nous a présentées. Elle lui a fait un signe. Pendant un court instant, je les ai enviés. Ils se sont éloignés. Il n'y avait pourtant aucun danger. Il y avait juste ce petit message : « Si tu y vas, j'y vais. » Il ne pouvait être qu'amical. C'était dit si simplement : « Si on se croise, cela ne sera pas un simple hasard. Si tu vas chez Vincent, j'irai car cela me fera plaisir de te voir ».

Il suffisait de lui parler aussi simplement.

Je n'ai été capable que de lui demander un conseil. Je partais quelques jours à Londres, une ville où il avait habité. Aurait-il un hôtel à me recommander ?

Il m'a répondu en me précisant qu'il se rendait dans cette ville aux mêmes dates que moi.

Aucun de nous deux n'a eu le courage de fixer rendez-vous à l'autre. Peut-être espérait-il que nous nous retrouverions à nouveau par hasard ?

Les « si tu y vas, j'y vais » étaient peut-être de trop pour nous. Nous n'en avions pas besoin.

Mon voyage a été annulé. Je n'ai pas cru nécessaire de le prévenir. Nous n'avions pas rendez-vous.

Je lui ai laissé un message : « Déjeunons ensemble, si tu le veux bien ».

Il était occupé. J'insiste. J'insiste trop. Il doit me trouver collante. Il me propose une date bien lointaine. Je ne suis plus si sûre. Je n'ai rien à lui dire.

C'est lui qui a annulé. Sans explication et sans me proposer une autre date. J'étais déçue. J'espérais tant que Jean fût au moins un ami.

Au début du printemps, notre lycée a organisé une soirée pour les vingt ans de notre baccalauréat. Toutes les cartes allaient être à nouveau distribuées avant les grandes vacances.

Et j'y suis allée sûre de moi. Jean m'avait aimée. Enfin, j'en étais presque certaine. À mon âge, on devient assez bon en traduction. Le moindre signe de nervosité d'un homme troublé. Le regard dérobé. La ponctualité extrême. Les prétextes absurdes afin de se revoir. Une démonstration d'ennui ostentatoire qui signifie un trop grand intérêt que l'on désire masquer. Tout cela n'échappe plus à ma sagacité.

C'est ce que je croyais. Des événements récents ont démontré le contraire.

Jean est la première personne que j'ai vue en arrivant. Je me suis cachée derrière un ami dont les bagages étaient moins lourds que les nôtres.

Jean m'a cherchée du regard. Il m'a fallu de longues minutes avant que j'ose lever les yeux vers lui. Il m'a fait un signe de la main. Je lui ai répondu mais je ne me suis pas approchée.

C'est à ce moment-là que je l'ai entendu dire crânement : « Claire et ma femme, ce sont les deux véritables histoires d'amour de ma vie. »

J'ai compris que je pouvais aller l'embrasser. Tout danger était écarté.

À la fin du repas, nos chaises se sont rapprochées. Notre conversation était banale. Nos enfants, les plus beaux, les plus mignons, les plus charmants. Nous étions bien. Nous avions bu tous les deux. « Tu vois, si tu avais voulu, ces enfants, nous aurions pu les avoir ensemble. »

Si j'avais voulu. Comme s'il n'avait tenu qu'à moi, comme si j'avais un jour consciemment refusé cette vie avec Jean. Nous avons ri. Et puis je n'ai pas réussi à m'arrêter.

Il m'a tout raconté. Il ne butait pas sur les mots. Il n'a pas rougi et me regardait sans inquiétude. Il parlait avec cette voix tendre et rieuse qui lui va si bien. C'était une conversation importante mais sa vie n'en dépendait pas.

« Tu te souviens lorsque nous avions quinze ans et que nous étions amis ? Pour moi, ce n'était pas simple, j'étais amoureux de toi. »

J'étais alors si heureuse. « Moi aussi », et j'allais tout détruire.

Je lui ai juste souri, imaginant que ce sourire était suffisant pour qu'il comprenne que cette conversation ne me déplaisait pas. J'ai pensé aux heures passées à décrypter ses qualités avec Vincent, à lire son nom dans l'annuaire, à imaginer tout ce que nous n'avions pas fait ensemble. Ce n'étaient que des rêves, la vraie vie était ailleurs. Un amour que l'on peut prendre avec les mains me rejoindrait beaucoup plus tard à la maison.

Un petit groupe s'est invité à dîner chez Jean, le week-end suivant. Je connaissais l'adresse.

J'ai retrouvé le même craquement sous les pieds. Ma démarche était à peine plus assurée.

Il fallait que je lui dise. J'ai répété la phrase. Elle est si facile. « Tu te trompes, ce n'est pas toi qui étais amoureux de moi. C'était moi qui t'aimais. » Il n'était même pas question de parler au présent.

Devant lui, tout est devenu plus compliqué. L'autre soir, nous étions ivres. Il a certainement oublié. Il va se moquer de moi. « Tu rigoles, je n'ai jamais été amoureux de toi. Tu étais juste une bonne copine. Celui qui t'aimait, c'était Vincent. Mais tu l'as toujours ignoré. Moi, j'aimais Claire. »

Tout ce que j'ai pu lui révéler, c'est ma déception qu'il ait annulé notre déjeuner.

Sa réponse, je la garde en moi. Je l'ai apprise par cœur. J'y pense souvent, quand j'ai le sentiment d'être devenue, avec le temps, moins désirable.

« Si on déjeunait ensemble, face à face, j'aurais trop envie de t'embrasser. Ce serait trop difficile pour moi.

– On n'a qu'à aller dans un endroit avec beaucoup de monde, comme une pizzeria sur les Champs-Élysées. » J'ai ri bêtement. Et lui a souri.

« Je ne sais pas si ce sera suffisant pour m'empêcher de t'embrasser. »

Pourquoi n'ai-je pas répondu « moi aussi », alors que j'en crevais d'envie ?

Mon mari était si souvent absent. Il ne se serait même pas rendu compte de ma disparition. Il consacrait beaucoup de temps à une jeune Polonaise. Il me reviendrait. J'étais sa préférée.

Jean a senti mon désarroi. Et il a murmuré : « Tu sais, moi aussi j'ai peur. »

Cette scène, je la joue en boucle dans ma tête. Je change juste mes répliques et à la fin, j'ai appris à dire Oui, et pas seulement avec la tête.

Alors il prend mon visage dans ses mains et m'embrasse. Nous avons toute la vie devant nous. Mais après ? Que se passe-t-il le lendemain ? On ne se quitte plus ?

Ce soir-là, on s'est quittés assez rapidement. Nous ne nous sommes pas embrassés. Je désirais le revoir. Apparemment, ce n'était pas réciproque.

Il préférerait m'oublier.

Comment peut-on avec autant d'acharnement tout gâcher et n'en ressentir que du soulagement ?

Mon mari est revenu. Je n'ai pas eu envie de lui poser de questions sur cette jeune femme polonaise.

Elle ne semblait plus exister. Une fragile sorcière qui appartenait aux rêves de mon mari, comme Jean appartenait aux miens. C'était évident, nous ne pouvions nous séparer.

Dans mes songes, Jean prenait mon visage dans ses mains, c'était beaucoup à côté de quelques après-midi dans un hôtel avec une jeune femme polonaise.

Je me suis fabriqué un petit film, que j'enrichis, après chaque rencontre avec Jean, de nouvelles scènes. Car désormais nous sommes voisins et nous rencontrons régulièrement.

Nous nous croisons dans une boulangerie. Il m'offre un pain au chocolat. Le don du pain au chocolat a-t-il une signification ?

Je l'ai réellement pensé.

Il retire une à une de sa main droite les miettes du petit pain qui parsèment ma veste. C'est le plus tendre des baisers.

Nous nous retrouvons face à face et nous n'avons absolument rien à nous dire. Notre gêne révèle-t-elle un amour profond ou juste rien du tout ?

Quelle serait ma vie avec lui ?

J'imagine ma vie chez Jean, dans 400 m^2, un jardin, un parquet à points de Hongrie grinçant. J'ai la clé. Logique, c'est chez moi. Les portes sont si lourdes. Je gare ma voiture dans la cour d'honneur. Les pavés sont mal commodes pour rouler. Je me plains. C'est normal, je suis une princesse au petit pois. Jean est là. Il m'attend pour dîner. Il faut trouver un sujet de conversation. Je sèche. Il raconte des blagues belges.

Je suis perdue, cette maison est trop grande. Aucun geste n'est naturel. Nous sommes dans un musée, des visiteurs peuvent nous surprendre. Les canapés sont blancs, et si jamais je faisais une tache ?

Nous dansons tous les deux. Il est très grand. Je dois me mettre sur la pointe des pieds pour poser ma tête sur son épaule. Le parquet grince trop, cela en devient gênant. J'ai mal aux chevilles.

Je ne peux pas imaginer une vie avec Jean.

Je ne lui ai jamais raconté tout cela. S'il me lit, il saura que je pense à lui trop souvent. Est-ce qu'il sera flatté ? Tel que je le connais, je l'imagine plutôt gêné. Il est si honnête. Quand il pense à quelqu'un, il lui parle. Il n'imagine pas autrement les choses.

Nous nous sommes retrouvés sur la même plage, il m'a regardée et m'a dit : « Tu es belle ». Je sais qu'il était sincère.

J'ai essayé de me souvenir de la dernière fois qu'un homme m'avait fait un compliment auquel j'avais cru. Je n'ai pas pu. Trop lointain ou peu crédible. Il y avait bien quelqu'un. Peut-être qu'il ne mentait pas.

Pendant l'année qui suivit, Jean était presque devenu un personnage familier de mon existence. On se croisait. Il était nécessaire que cela n'ait pas tant d'importance. Comment trouver le courage de lui dire que pendant si longtemps toutes mes pensées, toutes mes actions étaient tournées vers lui ?

Un de mes plaisirs était d'évoquer Jean avec ses proches ou de le décrire à ceux qui ne le connaissaient pas encore. Mais ce plaisir, encore une fois, était sans conséquence. Je n'allais pas bouleverser ma vie parce que Jean devenait petit à petit plus saisissable.

Je me suis rapprochée de sa première femme. Ce n'était qu'un calcul cynique de ma part. Je ne l'avais rencontrée que pour parler de Jean. Elle l'avait deviné. Elle avait le même désir que moi de comprendre ce qui nous liait tous les deux. Lui et moi. Nous avons parlé de Jean très longuement, sans retenue, il fallait épuiser le sujet.

Jean ne lui avait jamais rien caché. Ils s'étaient connus si jeunes. Ils avaient quinze ans et jouaient au tennis ensemble. Elle l'aimait déjà et le lui avait dit. Il lui avait répondu qu'il aimait une fille de sa classe, « mais elle ne m'aime pas. Elle a refusé de sortir avec moi. Nous sommes juste des amis. Si tu veux, nous pouvons aussi être des amis ? ».

Elle n'avait pas été gênée par sa réponse et avait pensé : si je suis patiente, un jour, c'est moi qu'il aimera.

Après sa rupture avec Claire, elle l'avait consolé. Ils étaient devenus amants et doucement il était tombé amoureux d'elle. Voilà, c'était aussi simple. Elle n'avait aucun regret.

Et moi, est-ce que j'avais des regrets ?

Celui d'avoir été incapable de dire Oui, dans ce compartiment de train vers Florence. Celui d'avoir espéré que la question se reposerait à nouveau.

Oui, bien sûr je regrettais. Si j'avais dit Oui, nous serions sortis ensemble quelques semaines, quelques mois, toute l'année scolaire. Nous serions allés au cinéma. Il m'aurait invitée à passer quelques jours chez lui à la campagne. Nos baisers auraient été de plus en plus profonds. Il se serait enhardi à toucher ma peau. Il aurait été mon premier amant. Certainement nous nous serions quittés pour de bonnes raisons.

Je pourrais raconter aujourd'hui de façon claire et précise l'histoire de mon premier amour. L'histoire avec Jean serait sans difficulté. Nous pourrions nous croiser sans trouble. Nous parler honnêtement de nos vies de famille.

Non, je n'ai pas de regrets parce que j'aime cette gêne qui subsiste entre nous. J'aime être gauche quand il est là. J'aime me sentir rougir parce qu'il ose un compliment. J'aime ce trouble qui survit entre nous depuis si longtemps.

Tout cela, je ne l'ai pas avoué à la première femme de Jean. Je me suis contentée de lui dire : « Non, je n'ai pas de regrets ». Je ne sais pas si elle m'a crue.

Elle m'a parlé de mon mari. Elle m'a avoué avec une légère admiration dans le regard : « Tu ne dois pas t'ennuyer ! »

– Mais tu t'ennuyais avec Jean ? »

Elle m'a répondu : « Comme dans tous les couples, après quelques années, l'ennui est inévitable. »

J'ai pensé que j'avais de la chance. Non, je ne m'ennuyais pas et j'étais sûre de moi. Je n'avais pas de regrets.

Parfois, Jean lui parlait de moi. Il refusait de lui donner mon nom. Elle essayait de deviner en regardant les photos de classe. Elle s'était trompée. Elle lui avait désigné la plus jolie, Caroline.

Il racontait: «J'étais amoureux et je ne connaissais rien de l'amour».

Je pensais pourtant avoir assez de connaissance pour deux. Une connaissance uniquement livresque et imaginaire, mais je ne pouvais pas soupçonner que la réalité en était parfois éloignée.

En maternelle, j'étais déjà amoureuse. De la dame qui nous gardait à la cantine et dont les cheveux blonds, certainement décolorés, et mousseux, me fascinaient. Elle s'appelait Martine. D'un petit garçon au nez couvert de taches de rousseur et aux lèvres gercées. Je m'appliquais à ressembler à Hervé en laissant ma bouche se dessécher et en implorant le soleil de me couvrir de taches de rousseur. Cela a marché.

À quinze ans, j'avais un bon entraînement. Je connaissais toutes les étapes. Le début qui rend si beau chaque détail; un poignet, le creux du cou, un col de chemise usagé. Et doucement l'habitude ou l'oubli.

Avec Jean, il n'y avait eu ni habitude ni oubli. Je peux encore réciter par cœur la liste des vêtements qu'il avait l'habitude de porter. Je me souviens d'une paire de chaussures en daim beige avec des semelles de crêpe beige. D'un pull-over mis à la hâte et d'un col de chemise écrasé. La chemise était à petits carreaux bleu tendre et blancs. Je garde en mémoire l'odeur d'une eau de toilette trop forte dont il s'aspergeait l'année de nos seize ans. Cette année où nous ne nous parlions plus.

Je peux aussi décrire son visage d'adolescent. Son nez rond qui me paraissait si français, moi qui l'étais si peu. Des yeux noirs, des sourcils en bataille, et surtout sa respiration. Elle était profonde. Elle n'a pas changé. Je peux tout décrire parfaitement sauf son corps. Ses épaules, son torse, son ventre, me sont inconnus. Je connais ses mains, ses avant-bras, ses chevilles. Je peux comparer. Ses mains ont rougi, il me semble qu'elles sont plus carrées. Sans les avoir touchées, je devine que ses avant-bras sont moins doux.

J'ai observé son visage. Le nez si français, les yeux rieurs sont les mêmes.

Je ne décèle aucune marque de souffrance ou, pire, de regrets.

Je suis aveugle.

Je lui aurais posé toutes ces questions que je gardais en moi depuis si longtemps. As-tu souffert ? As-tu des regrets ?

Il m'aurait raconté comment, lui aussi, avait eu la sensation de changer de monde quand il avait appris que son fils, si petit, était malade. Et combien il avait été heureux en réalisant que son enfant était guéri. Il s'était alors promis de profiter de tous les instants de cette nouvelle vie. Il avait décidé d'aimer de nombreuses femmes et d'être libre.

Oui, il avait des regrets, enfin, peu.

Il avait été très amoureux de Claire, de sa femme, amoureux de Valérie, Isabelle, Caroline, un peu amoureux d'Iris, Lola, Ariane, Marie et Charlotte et de dizaines de coups de cœur.

Mon nom aurait pu rejoindre cette liste, quelque part entre sa femme et Charlotte. Cela ne me gêne pas. J'ai ma propre liste et je sais que chaque prénom a une place à part.

Ils ne sont pas si nombreux à être inscrits sur la liste de mes amours.

Certains ne la méritent pas, d'autres prennent inutilement de la place. Certains se vantent et clament dans la ville qu'ils en font partie. C'est faux et je peux donner les noms des usurpateurs.

Sur cette liste, il n'y a pas de jaloux. Le dernier ne chasse pas le plus ancien. Sans se connaître, ils se complètent. J'hésite sur la légitimité de Jean, dont je ne connais ni le goût ni la peau, à appartenir à cette liste.

Je pensais l'avoir oublié. C'est ma petite fille qui a réveillé ce rêve ; celui de la cape de l'invisibilité. J'enfile la cape, je me rends chez Jean, je me glisse dans sa famille, j'écoute les conversations, je m'introduis dans sa chambre, je le regarde s'endormir et je me colle contre lui. Cette cape n'aura été utile que pour Jean. Pour les autres noms de la liste, je n'en ai pas besoin, je peux mesurer précisément la quantité de leur amour.

Un jour, mon amie Caroline avec qui j'évoquais cette liste m'a dit : « Tu es d'une prétention ! ».

Je lui ai répondu : « Je crois que c'est le seul domaine où l'on a le droit d'être immodeste, quitte à vivre les plus terribles humiliations. »

Jean est-il trop bien pour moi ? Non, je crois qu'il est parfaitement bien pour moi. Pourtant je soupçonne Caroline d'avoir peut-être raison. Je vieillis.

Il m'a fallu les quelques secondes où je me suis vue en train de mourir pour comprendre que j'aimais toujours Jean.

Nous nous étions retrouvés dans le sud de la France. Dans ce village, Jean et moi, l'été de notre baccalauréat, pensions nous croiser uniquement par hasard. Cet été-là, ce n'est pas une boîte de nuit qui servait de prétexte à nos rencontres, mais une plage.

Je nageais au large. Ma jambe gauche refusait de m'obéir. J'ai pensé à mes enfants, j'ai vu Jean qui nageait vers moi. J'étais sauvée. J'ai, alors, songé avec qui, si tel un condamné il ne me restait qu'une seule nuit, je choisirais de passer cette dernière nuit d'amour.

C'était avec Jean.

Nous n'avions plus de temps à perdre. Tout était encore possible. Il ne tenait qu'à moi de tout lui dire.

Il a ri : « J'ai toujours rêvé de te sauver et qu'enfin tu reconnaisses mon existence dans la tienne. À partir de maintenant, nous ne prenons plus de risque, nous allons nager ensemble. »

On partait par petits groupes. Jean et moi nagions juste plus vite que les autres. Nous montions les premiers sur le ponton flottant. Pendant quelques minutes, nous étions seuls. Nous n'avions pas tant de choses à nous dire. Alors, il se moquait de moi. « Tu te rends compte de tout ce que tu as raté. Tu pourrais être une femme riche et comblée. » Je protestais vainement, comme s'il y avait lieu de protester.

Son grand et beau garçon aidait mes plus petits à construire des châteaux de sable. « Ils pourraient tous être nos enfants. »

Notre conversation n'était plus qu'une blague.

J'en ai parlé à mon amie Caroline qui avait profité de mon absence en 1978 pour l'embrasser sur la bouche. Elle m'a rassurée. « Il me raconte les mêmes blagues. Il me dit : "Alors, on part quand tous les deux ?" Je t'assure, les histoires drôles de Jean n'ont aucune signification. »

Mon mari n'était pas complètement rassuré.

Et moi non plus. Est-ce que cette histoire je l'invente seule ?

Dans l'entreprise où je travaille, il y a, assis en face de moi Mehdi, dont toutes les filles sont amoureuses. L'une d'elles me confie : « Avec Mehdi, il y a une véritable rencontre. On se parle vraiment. Tu vois, physiquement, il ne s'est encore rien passé, mais je sens vraiment qu'il se passe quelque chose. »

Je prends un verre avec Mehdi.

« Tu la trouves comment, Laurence ?

– Un vrai pot de colle. Je ne sais pas comment m'en débarrasser, elle me poursuit pour me raconter ses histoires. Je ne comprends pas du tout où elle veut en venir. »

Je suis peut-être le pot de colle de Jean.

Un pot de colle légèrement troublant. Nos regards se croisent. Est-ce qu'on baisse les yeux devant un pot de colle ?

Si je l'embrassais, comme Caroline en 1978, alors peut-être que ce trouble disparaîtrait.

Mais, je ne peux pas l'embrasser. La fiancée de Jean est trop sympathique. Et si nous devenions des amies, elle et moi, alors il ne pourrait plus rien se passer avec Jean. C'est une règle dans ce domaine où il y en a si peu.

Sur cette plage, Jean et moi, nous nous sommes retrouvés seuls. Il n'y avait pas de danger, alors je l'ai regardé. Il a pris ma main et l'a serrée très fort. J'ai continué à le regarder dans les yeux. Je n'avais pas peur.

« Je suis heureux de passer ces vacances avec toi. » J'ai répondu : « Moi aussi ».

Il serait simple de lui raconter la vérité sur notre histoire. Combien je l'avais aimé vingt ans plus tôt. Le moment était idéal.

Ce jour-là, je n'ai pas pu. Le lendemain, nous avons déjeuné ensemble. Il n'y avait aucun trouble. Je passais un moment avec un vieil ami à qui on peut tout avouer.

En partant, il a admiré une bague à mon doigt. « C'est un cadeau de mon mari. Il doit avoir peur que je le quitte », ai-je précisé afin de justifier un présent que je ne méritais pas.

Jean a alors soufflé : « Préviens-moi. »

Il était encore assis, j'étais debout et je me penchais vers lui pour l'embrasser. Soudainement, nous étions trop proches. J'avais envie de me plonger davantage et de ne pas me redresser, qu'il me prenne dans ses bras.

Le trouble a repris son inconfortable place entre nous.

Si je pouvais, je lui dirais : « Je me promène seule et je te parle. Tu me réponds. Je te connais suffisamment pour avoir enregistré les intonations de ta voix. Je peux deviner tes réponses. Je crois que tu aimes parler avec moi. Tu me racontes ton enfance, tes amours, tu ris parfois. »

Et Jean me répondrait sûrement : « Tu me parles de quelqu'un d'autre. »

Je ne suis pas désespérée.

Je m'adresse à mon père, il sait que je suis parfaitement aimable.

Le lendemain de sa mort, à une amie qui s'étonnait de ne pas me voir pleurer, j'ai expliqué : « Mais il est toujours là. Je peux continuer à penser à lui, à lui parler, à lui poser des questions. » Elle m'a accusée de masquer mon chagrin. « Tu ne vas pas tenir longtemps comme cela. Il faut que tu pleures. »

Après quelques secondes de réflexion, elle est devenue plus sévère : « Tu n'as pas de cœur. »

Mon père est toujours là.

Son amour ne s'étiole pas, comme celui si pudique de mon petit garçon, allongé nu sur moi un matin d'été, me déclarant dans un léger souffle « Je t'aime », et refusant de le répéter malgré mes supplications, comme celui si exubérant de ma petite fille, qui répétait comme un psaume quand je la berçais « Tu es mon amour, tu es mon amour, tu es mon amour » sans jamais se lasser.

Est-il possible d'aimer autant à la fois un père absent, un ami d'adolescence, des petits enfants, un mari amoureux d'une jeune Polonaise ?

Il y a aussi tous ceux que je n'ai pas encore cités. Rhett Butler dans *Autant en emporte le vent*, le couple Humphrey Bogart et Lauren Bacall dans *Le Port de l'angoisse* de Howard Hawks, le film où ils se sont rencontrés, Fred Astaire, François Truffaut dans *La Nuit américaine* mais aussi, dans la vraie vie, Françoise Hardy quand elle chante *Message personnel*, Hervé Guibert, si beau, David Bowie au début des années 1980, Dustin Hoffman dans

Le Lauréat, Michel Seurat, Patrick Modiano que j'ai suivi dans la rue Bonaparte puis dans un bus qui traversait la Seine, John Travolta dans *Grease*, Mr Darcy dans *Orgueil et préjugés*, une responsable de cantine blonde, un professeur de poney, Hugh Grant dans *Quatre mariages et un enterrement*, Sean Connery uniquement en James Bond, Al Pacino dans *Le Parrain* 2 et même 3, Georges Descrières dans *Arsène Lupin* et La Chesnaye dans *La Règle du jeu* quand il soupire: « Pourquoi n'est-il pas possible d'aimer plusieurs femmes à la fois, il faudrait faire comme les musulmans, avoir une préférée sans peiner les autres. C'est le drame de ma vie, je déteste voir une femme pleurer. » La Chesnaye a été copié sur mon mari.

Comment est-il possible de faire tenir autant de monde dans un cœur sans le briser en mille morceaux ?

De retour à Paris, Vincent s'est inquiété pour moi.

« Jean est comme un pêcheur espagnol avec de larges filets. Ne tombe pas dedans, tu vas souffrir. Tu sais, je t'aime bien, je n'ai pas envie de te voir pleurer.

– Se sentir humiliée, pleurer, c'est mieux que rien. »

Je me suis un tout petit peu énervée.

« Tu vis dans un désert. Tu as une femme et tu me regardes avec des yeux de merlan frit. Essaie de m'embrasser, je te donnerai un coup de pied mais, au moins, tu sentiras quelque chose.

– Tu es vraiment une pauvre fille avec tes amourettes à la noix et ton cœur d'artichaut. Pense à ton mari, tes enfants. Avec tout ce que tu as dans la tête, tu oublies l'essentiel. Jean n'est pas un homme pour toi. Je suis prêt à parier que, si tu pars avec lui, tu viendras me supplier de venir te sauver.

– Il peut changer. Il y a longtemps, il m'a aimée. Peut-être qu'il m'aime encore.

– Il t'a aimée, mais tu n'es qu'une fille parmi tant d'autres. Il m'a parlé de toi. C'est vrai que, au lycée, il aurait bien aimé vivre une petite histoire d'amour avec toi. »

Je n'ai pas su quoi répondre. L'image de Jean devenait moins floue. « Fuis-la, elle te suit, suis-la, elle te fuit », m'aurait expliqué en riant mon père. Un simple jeu avec une règle qui ne tenait qu'en une seule ligne et je n'étais pas capable d'y jouer correctement.

Je pourrais fuir Jean, il ne s'en rendrait même pas compte.

Je pleure et je me souviens d'avoir déjà pleuré en voyant partir Jean. Il m'invite au cinéma. « Je vais au cinéma demain soir, tu viens ? » Il m'a posé la question comme si cela était naturel que nous y allions ensemble, comme si nous étions des « petits copains ».

Je suis en avance, j'ai le trac. C'était certainement le bon soir. Celui où nous allions nous embrasser sur la bouche, avec la langue, pour la première fois. C'est notre premier soir, celui que nous fêterons ensuite régulièrement. Notre premier mois ensemble. Il m'invitera à dîner. Notre première année. Il me proposera de m'installer chez lui.

Il est en retard et n'arrive pas seul. Elle s'appelle Nathalie. « Voilà, c'est Nathalie. » Il ajoute : « On est ensemble depuis trois semaines. » « Salut. » Je tente un énorme sourire. Je me vois dans une glace du hall du cinéma. Je suis monstrueuse. Je n'avais pas trente ans, mon visage me trahissait encore.

Jean offre un esquimau à la fraise à Nathalie. Je suis derrière, il m'a oubliée. De toute façon, je n'ai pas faim et je déteste les glaces à la fraise. Je les suis tête baissée. Je suis punie et je me dis : « quel être humain mérite un tel supplice ? ». On s'assoit. Jean est entre nous deux. Le film s'appelle *Quand Harry rencontre Sally*.

Harry explique à Sally que l'amitié entre un homme et une femme est impossible. La question du sexe se pose inévitablement. Harry et Sally sont amis. Ils s'aiment mais ne le savent pas.

C'est notre histoire, Jean n'a pas l'air de s'en rendre compte. Il donne la main à Nathalie. Je me donne la main à moi-même.

Harry et Sally se promènent dans Central Park et se racontent leurs histoires d'amour. Harry et Sally déjeunent ensemble et se racontent encore leurs histoires d'amour. Harry et Sally se téléphonent le soir, ils regardent tous les deux *Casablanca*, chacun seul dans son lit. Harry rejoint Sally chez elle un soir pour la consoler. Son fiancé en épouse une autre. Elle pleure dans ses bras. Il la réconforte. Ils s'embrassent.

Je pense « C'est trop facile », Jean me glisse : « Ce film est trop niais, on part. » Avec Nathalie, ils sont partis main dans la main. Ils ont dû passer la nuit ensemble. Je reste seule et je pleure. Je suis pathétique et cela me fait sourire.

La scène suivante a lieu quelques secondes après l'amour. Harry est atrocement embarrassé. Le visage de Sally est moite, elle a l'air heureux.

Je suis bien sûr une Sally. Jean est un Harry. Dans le film, cela se termine bien.

Des années après, j'ai lu une interview de la scénariste du film, Nora Ephron : elle aussi est une Sally. Elle raconte que dans quatre-vingts pour cent des cas, ce type d'histoire se termine par un divorce. Voilà un divorce que j'aurai évité.

Nous aurions divorcé mais avant cela nous aurions fait l'amour de nombreuses fois. Je regrette ce divorce qui n'a pas eu lieu. J'imagine Jean nu à mes côtés. C'est évident. Son corps balance sur le mien et je transpire. Lui aussi.

Dans mes rêves, Jean m'embrasse.

Dans mes rêves, Jean est touché car il sait que je pense à lui trop souvent. Il sait que je lui parle toute la journée. Et la nuit aussi.

Dans mes rêves, il me dit qu'il n'a pas l'habitude. Il est seul depuis si longtemps. Il ne connaît pas grand-chose au bonheur mais il veut bien apprendre.

Dans mes rêves à la noix, Jean traverse toute la France pour me rejoindre. Il me surprend et invente mille histoires. Il me dit que nous, ce n'est pas une histoire car elle n'a pas de fin. Jean est là et je ne l'attendais pas. Nous partons en voyage dans l'île. Il pleut et nous sommes contents qu'il pleuve. Nous courons nous abriter sous un grand lit à baldaquin. Nous n'avons pas très faim. Nous ne visitons aucun des sites recommandés par les guides touristiques. Nous marchons très peu sur les plages et nous sommes très vite fatigués. Il faut s'asseoir et s'embrasser en attendant la prochaine averse qui nous autorisera à rentrer. Parfois, nous désobéissons et nous nous abritons dans notre chambre avant l'arrivée des gouttes.

Dans le train du retour, nous ne sommes pas tristes. La vraie vie, celle où l'on est heureux, commence à ce moment-là.

Dans un monde idéal, Jean me dit :

« Laisse-moi du temps, tu vas trop vite.

– Mais si je meurs demain et que nous ne nous sommes pas embrassés ?

– Ta mort soudaine n'est pas obligatoire. Faisons comme si nous avions encore quinze ans et la vie devant vous.

– Pose-moi toutes les questions.

– Combien d'hommes as-tu aimés avant moi ? et avec combien as-tu habité ? as-tu été amoureuse de plusieurs hommes à la fois ? et si T. te rappelait ? M'aimes-tu vraiment plus que les autres ? Je veux la première place sur ta liste. »

Je ne peux pas vraiment le rassurer. J'avoue tout. Arsène Lupin et Humphrey Bogart. Je crois qu'il est favorablement impressionné. Lui aussi a aimé Lauren Bacall en silence. Nous avons à nouveau un point commun. Il a lu comme moi, une dizaine de fois, son autobiographie lors de sa première parution en 1979. Il connaît aussi les circonstances exactes du coup de foudre entre Bogie et Betty Bacall sur le tournage du *Port de l'angoisse*. Le film réalisé par Howard Hawks raconte notre histoire. Le vieux marin blasé a le coup de foudre pour une aventurière qui n'a pas froid aux yeux. Elle l'aime aussi. Ils se regardent, se frôlent, s'agacent. Rien n'est dit. Ils n'ont peur de rien sauf de l'amour. Mais eux sont très courageux. À la fin, ils s'embrassent.

Dans la vraie vie, Bogie était marié à une actrice alcoolique. Il avait vingt-cinq ans de plus que sa jeune partenaire.

Trente-cinq ans après, la scène de leur premier baiser, telle que la raconte Lauren Bacall, est très précise.

Elle était en train de se brosser les cheveux dans sa loge. Il est entré et se tenait derrière elle en plaisantant. Doucement, il a glissé sa main sous le menton de Betty et l'a embrassée. Il a sorti de sa poche une pochette d'allumettes et lui a demandé d'inscrire son numéro de téléphone dessus. Ils se sont aimés pendant treize ans, jusqu'à la mort de l'acteur.

Longtemps, je me suis demandé, treize ans de bonheur dans une vie, est-ce suffisant ? C'est une question que je ne me pose plus. Je calcule pour les autres. Mon père, combien de temps a-t-il été heureux avec ma mère ? Jean a-t-il été heureux avec sa première femme ? avec sa fiancée ? Pour combien de temps encore ? Et moi et mon mari, c'était pour la vie ? et avec Jean ?

Lauren Bacall avait trente-deux ans à la mort de ce premier amour. Elle en a aimé d'autres, comme Frank Sinatra qui l'a quittée pour Ava Gardner, des comédiens, son second mari, un jeune acteur marié à une autre. À quatre-vingts ans, elle vit encore grâce à ces treize années-là.

Quel est l'homme dont je me souviendrai à quatre-vingts ans, mon brillant mari qui aime une jeune Polonaise, T., Jean, un homme que je ne connais pas encore ?

Mon corps pèse mille kilos.

La jolie sorcière doit être de retour. Mon mari est absent. Il revient et m'accable de reproches. Je ne suis plus la préférée. Comme le marquis de La Chesnaye, il vit dans un monde parfait et je le gêne avec mes maladresses.

Jean, mon mari, moi et tous les autres avons quitté depuis longtemps ce monde idéal.

J'entends la voix claire de Jean nommer ses enfants, ce sont des noms de chats. C'est comme un poème que je me répète en m'endormant et pourtant ce n'est plus un rêve. Il y a toujours un fond constant de cris, de rires, et des interruptions obligatoires quand Jean téléphone de plus en plus souvent.

Dans mes rêves, Jean apprend vite mais nous ne sommes pas d'accord sur les conclusions à donner à notre histoire. Il veut bien de cette scène dans la loge de la jeune actrice mais il exige l'histoire en entier ; Humphrey Bogart a quitté sa femme et épousé Lauren Bacall. Il faudrait que je m'abandonne en entier. Jean est inquiétant.

« Combien de temps avant que tu ne sois attirée par un autre homme et qu'il soit nécessaire de tout recommencer à zéro ?

– Combien de temps avant que tu ne sois attiré par une autre femme et qu'il soit nécessaire de tout recommencer à zéro ? »

C'est Jean qui a répondu.

« Je ne veux pas d'une histoire petite, ni même moyenne. Avec ton cœur déjà bien encombré, il n'y a pas de place pour notre histoire. »

Seul mon mari tolère mon cœur trop grand, le sien l'est aussi, bien qu'apparemment la jeune fille polonaise prenne de plus en plus de place.

Le matin, je pars si tôt et mes enfants supplient, chacun leur tour :

« Ne pars pas. » Et je réponds : « Mais quand je pars, est-ce que je ne reviens pas toujours ? Est-ce qu'une fois je suis partie sans revenir ?

– Non, tu reviens toujours », me répondent-ils chacun leur tour. Ils sont rassurés.

Si je supplie mon mari « Ne me quitte pas », il pourrait me répondre : « Est-ce qu'une fois je suis parti sans revenir ? ».

Je ne sais pas si cela suffira à me rassurer.

Et Jean. Si je lui promettais d'abandonner tous les autres, alors serait-il là à nouveau ? Il suffirait que je lui raconte tout. Combien et comment je l'ai aimé depuis si longtemps. Il a peur, et moi aussi. Pour une fois, je suis courageuse. Je laisse un message sur son répondeur : « Rappelle-moi ». Quand il me téléphone, de longues minutes après ce premier appel, je n'ose décrocher. « Cela me fait plaisir d'entendre ta voix. Tentons de nous voir. » Je ne rappelle que le lendemain. Je dois attendre que ma voix ne tremble plus. Il décroche à la première sonnerie : « J'attendais ton appel ».

Nous allons prendre un café dans un café.

Il m'attend. Je n'ai rien répété.

Je m'assois bien en face de lui. Je le regarde. Il est là en vrai. Je lui parle. C'est facile, il suffit de plonger. Je n'ai plus le choix.

Je commence par le commencement, le train pour Manchester.

« Tu te souviens de notre réponse à cette question sur le mariage et les enfants ? »

Non, il ne s'en souvient pas.

« Quand tu t'es assis à côté de moi et que tu m'as souri le premier jour de classe ? »

Il répond : « Peut-être ».

« Je t'aimais déjà. »

Il ne le savait pas.

« Les devoirs que nous préparions ensemble ? Ta mère qui m'invitait à dîner parce que tu n'osais pas ? Le train pour Florence ? le Walkman ? la question que tu m'as posée et à laquelle je n'ai pas su te répondre ? »

Jean se souvient. Il se souvient d'avoir eu tellement honte qu'il voulait disparaître, ne m'avoir jamais rencontrée, m'oublier, changer d'école, que je n'existe plus. Il faisait semblant.

Tout cacher. Comme si je n'étais qu'une copine parmi d'autres. Pendant les deux années de lycée où nous avons continué à nous croiser en classe ou ailleurs, comme moi il se contentait de quelques miettes.

Nous nous regardions mutuellement en cachette, persuadés que personne ne nous regardait. Il peut, lui aussi, tout décrire. Nos maladresses et nos grimaces. Nos gestes si timides et parfois si audacieux. Rien dans notre attitude ne montrait le moindre sentiment pour l'autre. Jean m'a raconté comment il a tenté de suivre chacun de mes désirs, d'être un ange gardien derrière moi qui exaucerait tous mes vœux. Invisible.

Mes détours par la rue de Jean étaient pathétiques à côté de ce qu'il a tenté pour m'avoir auprès de lui.

Il avait demandé à sa mère de m'inviter un week-end à la campagne, sans qu'il ait à le faire lui-même. Il m'épiait au loin. Il avait soudoyé son petit frère pour qu'il lui rapporte tous mes faits et gestes le plus précisément possible. Il m'a avoué m'avoir regardée prendre mon bain grâce à un petit trou dans la porte de la salle de bains agrandi à cet effet le week-end précédent. Il n'avait pu apercevoir qu'un pied et une cheville sortant de la baignoire.

Au milieu de la nuit, il était entré dans ma chambre et m'avait volé une petite culotte. Elle était rose très clair. Après mon départ, il avait enfoui son visage dans mon oreiller. J'avais laissé l'odeur d'une eau de toilette empruntée à mon père, Pour un homme, de Caron.

À la fin des seules et dernières vacances passées presque ensemble, juste après notre baccalauréat, il a supplié un préposé de la SNCF pour qu'il retrouve ma réservation de train et lui garde une place à mes côtés. Cette nuit où j'avais posé ma tête contre son épaule, il n'avait pas dormi. Il regardait mes mains. Il ne pouvait pas bouger de peur de me réveiller. Il m'écoutait respirer, il était heureux. Nous avions eu la même nuit. Notre nuit ensemble. La première pour lui. La seconde pour moi car je compte aussi dans nos nuits ensemble la nuit passée chez lui à la campagne croyant l'écouter alors que je ne percevais que son frère.

Jean peut aussi se mentir à lui-même, réinventer notre passé. À quoi cela sert-il de tout me dire ? Pourquoi fabriquer des regrets inutiles ? Si je tente d'être pour une fois sincère, je sais que Jean est le seul à avoir tout deviné.

Il sait tout ce que cache mon aveu.

Je dis l'aimer parce que je me sens délaissée. Je vieillis, je me raccroche à cette histoire d'adolescents. Jean seul comprend que je me trompe. J'ai changé. Je suis devenue si dure, tout glisse sur moi. Je crois l'aimer, lui ou un autre, en vérité je n'aime personne d'autre que moi.

Je veux mon seul bonheur, celui des autres ne m'intéresse pas. J'aime l'idée que l'on m'aime, que l'on souffre en pensant à moi.

Je crois exister quand je reçois une lettre, un bouquet de fleurs. L'amour, c'est une histoire à deux. Ce ne sont pas mes histoires imaginaires que je vis toujours seule.

Jean est le seul à tout voir.

Ces barres sur le front, ce sont tous ceux que je n'ai pas su aimer. Ma bouche qui se plisse sous le poids des regrets et de l'amertume. Mes cheveux sont gris. Ma peau est rugueuse. Je me ressemble enfin.

J'étais si belle, l'égoïsme m'enlaidit chaque jour. Je peux toujours me justifier auprès de Jean et des autres. La mort de mon père. La souffrance n'excuse pas ma sécheresse. Tous ces noms que j'égrène comme des trophées, derrière chaque nom, le sien ou un autre peu importe, il y a des nuits sans sommeil.

Je crois aimer encore Jean mais je ne me donne pas trois jours pour m'enticher de quelque sous-acteur minable.

Peut-être qu'à quinze ans j'ai aimé sincèrement, j'aurai connu dans ma vie une année scolaire de sincérité; l'année suivante, dès qu'un garçon me regardait, j'en avais le tournis. J'étais prête à tout pour qu'il s'intéresse à moi.

J'ai eu trop de chances, j'ai été trop gâtée. Aussi inconstante que lui est fidèle.

Je pleure, c'est trop tard. Je m'apitoie sur mes larmes et j'oublie celles de la femme de Jean qu'il a quittée pour moi, croyant que je l'aimais encore. Pauvre fou. J'étais jeune mariée, je m'amusais, insistant pour le voir. Je ne voulais qu'ajouter un prénom à ma liste. Je ne suis qu'une orgueilleuse. Jean me déclarerait son amour et à la première occasion je partirais en courant.

À cette fête des vingt ans de notre baccalauréat, il m'observait, j'ai pris ce masque de fille perdue et désemparée, le même qu'aux boums de nos quinze ans.

Jean m'a raconté, comme si je ne le savais pas déjà, combien il m'avait aimée. Mon regard a repris de l'assurance et je n'ai rien dit. Le masque est tombé. Jean n'est qu'un nom de plus sur ma liste.

À ce dîner chez lui, quelques jours plus tard, il a deviné que je jouais avec lui. Il n'était pour moi qu'une piqûre de jeunesse. Cela n'a pas été une leçon suffisante. Pendant ces quelques jours de vacances avec nos enfants, il s'est persuadé que la maternité m'avait changée, que j'avais compris ce que pouvait être un véritable amour. Il m'a vue, dans l'eau, paniquer. Il a nagé vers moi. J'étais déçue. J'aurais aimé qu'un autre vienne me sauver. Il fallait bien donner raison à Jean.

La veille de mon départ en vacances, j'avais rencontré François. Le portrait que Jean avait fait de moi est si juste. À peine trois jours pour m'enticher du premier venu.

François n'est pas très grand. Il a juste la bonne taille pour embrasser ses femmes. Il est un amoureux idéal. Il est tout pour vous et ce n'est pas pour coucher avec vous et ensuite disparaître. François n'est ni un collectionneur ni un don juan. Il y aura finalement peu d'élues dans son lit.

Mais est-ce ma faute si les femmes aiment tant François ? et si je suis comme les autres ?

Je n'ai rien fait de mal. Il a tout fait pour. Il est prêt à tout pour être aimé. Il peut se transformer, selon votre goût; en fille, en petit animal à poil doux. Il peut tricher. Il peut mentir.

François n'a jamais été quitté. Il a été aimé, souvent. Il a aimé, parfois.

Devant lui, je me suis retrouvée comme devant Jean à quinze ans.

Un restaurant où j'avais mes habitudes. Des amis communs. Et c'est comme si je l'avais toujours connu. Pourquoi lui ? Qu'a-t-il de plus que les autres ? s'interrogent les jaloux. Il n'est pas très jeune. Il n'est pas fort. Son corps est trop mince. Il le cache dans des costumes bien coupés. Nu, ses femmes oublient l'absence de muscles et touchent sa peau si douce. Ses doigts vous effleurent à peine. Et déjà vous tremblez. Je le savais, il suffisait de regarder ses mains. C'est moi qui lui ai demandé son numéro de téléphone. Cela ne l'a pas surpris. Il a l'habitude de plaire. Par politesse, il m'a demandé le mien.

Il est amoureux. Pas toujours. Mais il ne vous le dit pas. C'est à vous de deviner. Il vous veut pour lui tout seul. Chaque fois, il sait que c'est elle. Parfois, elles ne sont pas son genre. Elles sont méchantes et le font souffrir. Mais elles ne partent jamais. Elles le regrettent amèrement. Il se trompe parfois. Il croit être très amoureux. Ce n'est qu'un coup du cœur. Il se lasse. Elles sont désespérées mais ne lui en veulent pas. Elles en gardent un si bon souvenir.

« Le premier qui appelle invite l'autre à dîner », a proposé François. J'ai fait semblant de protester : « Je viendrai avec mon mari. »

François ne m'a jamais téléphoné. Je suis partie en vacances et je n'ai pensé qu'à lui. Il y avait cette chanson dont je ne pouvais me débarrasser. « J'ai la raison arraisonnée dans un port désert dérisoire. »

François est indispensable. Il vous regarde. Vous êtes si belle. Et vous avez besoin de son regard pour être belle à nouveau. Sans lui, vous êtes normale à nouveau. Normalement moche.

François invente une vie plus gaie.

Il vous embarque avec lui. Tous les deux vous inventez et vous êtes joyeux. Vous n'êtes définitivement pas comme les autres.

À sa petite fille de huit ans qui refuse d'apprendre sa poésie sur le monstre du loch Ness – « à quoi ça sert. Il n'existe pas » –, il promet, une fois la récitation connue, de contrôler sans tarder, sur place, en Écosse, la présence du monstre. Ils partent tous les deux. Les hôtesses de l'air ont des kilts. Il y a trop de brouillard pour deviner quoi que ce soit.

La petite fille, comme les femmes de François, pourra toute sa vie se raccrocher à des souvenirs peu raisonnables.

François ne séduit pas seulement les femmes. Les hommes, les enfants, les animaux petits et gros lui trouvent un charme fou. Même les moustiques se regorgent avec davantage de délectation de son sang. Les bébés lui réservent leurs meilleurs sourires. Les jeunes femmes osent des approches très courageuses et laissent tomber toute pudeur. Les vieilles dames déploient toute leur imagination pour le garder auprès d'elles. Ses maîtresses pensent avec délice aux moments passés avec lui. Elles sont prêtes à payer pour recommencer. Je le savais. En ville, on raconte tellement de choses sur lui.

En rentrant de vacances, ces vacances où Jean m'a sauvée, je cherchais, car j'avais quinze ans à nouveau, tous les prétextes pour téléphoner à François. J'attendais le hasard. Le même hasard qui m'avait autorisée à revoir Jean lors de nos premières vacances dans ce village du Sud.

Il s'est présenté une fin d'après-midi devant la vitrine d'un magasin de vêtements pour hommes de la rue de Sèvres. Il a été facile, parce qu'il pleuvait ce jour-là, de convaincre François de s'abriter dans le bar d'un hôtel voisin.

L'un en face de l'autre, avec la même absence de gêne qu'à quinze ans. Cela a été si aisé de lui raconter. Je voulais qu'il sache que j'avais été aimée et que je l'étais toujours. Il n'aurait pas beaucoup d'obstacles à franchir pour rejoindre la liste de mes amours. Je lui ai parlé de Jean, de T. et de mon mari. Surtout de Jean. J'avais quelques certitudes. Je demandais conseil à François.

« Je ne vous comprends pas. Si vous l'aimez tant, il faut le lui dire. »

Combien d'heures sommes-nous restés

dans ce bar d'hôtel ? L'heure du repas était largement dépassée. Je n'avais pas faim mais j'attendais qu'il me propose de dîner avec lui. Prolonger ainsi notre temps ensemble de quelques heures. Nous n'avions pas la mère de Jean si prévenante pour nous aider. Nous avons tenu jusqu'au petit matin avec de l'eau gazeuse, du whisky et des olives vertes.

Je ne faisais aucun effort. J'étais moi-même en mieux. Juste un peu plus maligne que d'habitude.

J'étais surprise. Pourquoi ne me proposait-il pas de prendre une chambre dans cet hôtel ?

Cela aurait été si facile de faire semblant de m'aimer.

Les yeux de François étaient plus foncés que je ne l'imaginais.

« Cela ne suffira pas. Je ne peux pas baiser sans sentiments. »

Et puisque je n'avais pas d'autre choix pour le retenir, je lui ai dit : « Je suis prête à vous suivre. Partons ensemble. »

Il s'est levé et m'a proposé de m'accompagner à un taxi. Nous sommes sortis. Il m'a pris la main pour traverser la rue et rejoindre la station la plus proche. Nous n'avons pas eu à attendre de voiture. Il a ouvert la portière d'une Peugeot blanche et l'a refermée doucement sur moi.

J'ai pensé « Je vous aime comme je n'ai jamais aimé ».

En rentrant chez moi, je me suis rendu compte que la main de François avait laissé sur la mienne une légère trace de brûlure qui refusait de me laisser tranquille. Ce n'était que de l'orgueil. François n'était pas mon genre. Il fallait qu'il m'aime et qu'il le prouve. Je le détestais de ne pas m'aimer. Je cherchais une vengeance. Je cherchais des stratégies. J'espérais de l'amour caché chez François. Je lui ai écrit.

Nous avons passé la soirée ensemble, vous aviez un pull-over à col roulé. J'ai essayé de deviner la naissance de votre cou. Les poignets qui dépassent des manches. Vos mains s'agitaient. Posées sur mon corps, comment me toucheraient-elles ?

Il m'a répondu : *Je ne vous aime pas.*

J'étais soulagée. Le risque de me perdre était grand. François était trop charmant pour moi.

Mon mari m'a sauvée. Il avait deviné des restes de sanglots qui ne lui étaient pas destinés. François ou Arsène Lupin. Peu importe. Cette fois, il m'a éloignée de ce petit quartier où nous habitons tous. Nous sommes partis pour un long voyage.

Il jouait tous les rôles à la fois. Jean, le doux amoureux. François, qui m'inquiétait.

Il fabriquait des farces, se cachait pour me faire peur. Il inventait des contes de fées pour nos enfants trop grands pour les entendre. Ils m'étaient destinés. Les fins étaient toujours heureuses. « Ils se marièrent et eurent beaucoup d'enfants. »

Je lui en suis si reconnaissante.

J'étais soulagée, libérée. Je n'avais plus à attendre. J'ai pensé à des choses imbéciles. François m'aimait en secret. Il ne m'avait rejetée que pour se punir d'une faute qu'il croyait avoir commise.

Dans la rue, je voyais tous ces visages d'hommes. Ils avaient certainement une femme qui les aimait. Ils méritaient tous une part d'amour. Il me suffirait d'adorer un de ces hommes, il me servirait de baume pour oublier François. Une quête vaine d'une fiole miraculeuse dont quelques gouttes permettent d'oublier l'existence même de celui qui vous obsède.

Mon grand garçon avait tout deviné. « Il faudra que tu m'aides à trouver une bien-aimée. C'est trop dur de découvrir l'amour tout seul. » J'ai tenté de le rassurer : « Je connais des jeunes filles qui sont amoureuses de toi et qui n'osent pas te le dire. Pénélope, par exemple, elle t'aime en secret.

– C'est idiot d'aimer en secret, cela ne sert à rien. »

Mon mari m'affirmait que parfois il arrive aux hommes de mentir ou tout bêtement d'avoir des mots qui leur échappent. Il peut très bien dire « je ne t'aime pas, je n'ai aucun désir pour toi » et penser exactement le contraire.

Je pouvais aussi faire comme avec mon père, imaginer des rencontres heureuses, des réponses à toutes mes questions, une voix douce et bienveillante, meilleure que toute réalité.

Ma grande fille me criait : « Je t'aime, non je t'adore, non, je t'aime, non je t'adore ». Mon garçon se fondait contre moi. J'ai guéri. Parfois, un vague soupçon de honte m'atteignait encore. « Je suis une idiote. »

Écoute, regarde, cela te plaira comme cela m'a plu. Et aussi, Jean, Jean, Jean, Jean. Quelques gouttes de Jean et la brûlure sur ma main a disparu. Je n'avais même pas eu besoin de le voir en vrai.

J'avais envie de raconter la moindre de mes idioties, j'arrivais à sourire en pensant à lui.

Il suffisait d'entendre un air gai qui l'aurait enchanté ou de voir un de ces films d'amour qu'il aimait tant pour avoir envie de l'appeler.

Jean aurait certainement ri de mes histoires.

Je n'étais plus triste. Si je voulais, je pouvais l'appeler.

Tout était encore possible.

Nous sommes rentrés, mon mari m'a quittée, je m'y attendais.

« Tu n'as plus besoin de moi », m'a-t-il expliqué.

Il se trompait.

J'ai quarante-cinq ans et cette nuit, mon grand garçon s'est réveillé en pleurant, il avait fait un cauchemar. « Je ne veux pas être amoureux, c'est trop de larmes. »

J'ai reçu une lettre de Jean. La première lettre de Jean en trente ans.

Quelques mots sur un papier gris clair.

Es-tu toujours heureuse ? Comment vont tes enfants ? Es-tu toujours mariée ?

En post-scriptum, il me raconte avoir rencontré François. Est-ce que je me souviens de François ?

Ils ont longuement parlé de moi. Il aimerait, comme François, avoir de mes nouvelles.

La conversation téléphonique avec Jean a été rapide.

« Non, je n'ai pas envie de revoir François. Mais si tu as du temps, passe me voir. »

Nous nous sommes donné rendez-vous ce soir même, chez moi.

Nous ne parlerons pas de nous. Pour le faire rire ou pour l'attendrir, je lui raconterai François.

Je n'ai revu François qu'une fois. Il voulait juste savoir si je l'aimais toujours, « au cas où », m'avait-il expliqué.

« Au cas où quoi ?

– Rien, je pense à vous parfois, cela me fait du bien de savoir que vous êtes amoureuse de moi. »

Je suis une femme sans amour et je me promène dans notre quartier avec cette géographie précise. Les rues arpentées avec Jean autour de notre lycée, si proches de celles des conversations avec François, à quelques stations de bus de la maison où j'ai élevé mes enfants. Ce boulevard où j'ai vu Jean s'éloigner en scooter avec Caroline derrière lui. Ce cinéma où nous avons vu *Quand Harry rencontre Sally*. Plus éloigné, ce ciné-club où nous allions assister à des séances de vieux films italiens. Ce restaurant où mon mari m'a annoncé qu'il me quittait. À la même table, quelques années auparavant, j'avais rencontré François. J'étais chancelante et je ne sais même plus ce qui m'avait tant bouleversée.

Ce jardin où j'étais si heureuse en pensant à l'amour de mon mari.

Ces rues sont encore vivantes.

Je regarde à nouveau *Le Port de l'angoisse*, je lis des romans d'amour, cela suffit à m'apaiser. Ils sont tous là avec moi. Je fais encore ce cauchemar : « Je ne veux pas être amoureuse, c'est trop de larmes ». En me réveillant, je suis soulagée d'avoir atteint un âge qui m'évite, je le crois, toute tentation.

Jean pourra-t-il le comprendre ?

Il est arrivé plus tôt que prévu. J'avais de la crème sur le bout du nez, il a ri.

Il allait se marier à nouveau.

« Nous c'est quoi ? De l'amour ? »

Je lui ai raconté la vérité.

« Tous les ans, à la rentrée de septembre, nous avons rendez-vous. Nous montons ensemble l'escalier vers notre salle de classe. Avec le temps, j'enjolive les choses, j'invente des scènes qui n'ont pas eu lieu, des promenades que nous n'avons pas faites. C'est idiot, je ne peux pas m'empêcher d'imaginer une fin différente. Pourtant, tu as raison, c'est une belle histoire. C'est une histoire d'amour. Sans peau et sans goût de l'autre. Nous ne nous sommes jamais touchés. Il y a juste eu cette étreinte à l'enterrement de ta mère. Cela a suffi à notre amour. »

Je lui ai montré la lettre de François. « Je ne vous aime pas », m'écrivait-il.

Jean le sait. Je ne comprends rien et je n'ai fait aucun progrès en trente ans.

On n'écrit pas « je ne vous aime pas » à une fille que l'on n'aime pas. On ne lui écrit pas, c'est tout.

Avant de tomber sur François, tomber est le mot juste, j'étais si confiante, persuadée que tous les hommes m'aimaient. Si naïve, il suffisait qu'un garçon me montre son désir et j'étais certaine qu'il était fou d'amour. Je n'acceptais pas que l'on ne m'aime pas ou, pire, que l'on soit méchant. Je ne pouvais imaginer être quittée. Je jubilais, certaine de ma chance. Jean se souvient encore de mon incrédulité quand T. m'avait déclaré qu'il ne m'aimait plus. J'étais convaincue que T. se mentait à lui-même, qu'il m'aimait toujours.

Je conçois tout de travers. Je n'ai pas compris François, ni mon mari. Je n'ai jamais compris Jean.

Jean a ajouté « Tu as parfois raison. Certains t'aiment toujours. Maintenant, il faut que l'on s'embrasse. Si on attend trop, on sera trop vieux et ce sera dégoûtant ».

Jean a tout deviné. Ma peau s'est adoucie avec les années. Tant de mains d'hommes l'ont touchée avant lui. Mes hanches sont aussi plus courbes, usées par de si nombreuses caresses. Ma bouche s'est ouverte, elle a été abondamment embrassée. Jean sait désormais ce que chaque ride cache. Trop d'amour enfoui et de chance gâchée.

Je n'ai jamais vraiment su comment Jean et François se sont rencontrés.

Existe-t-il d'autres liens entre eux que moi ?

Selon Jean, le visage de François lui était suffisamment familier pour le saluer, comme on salue des voisins rencontrés dans un lieu inhabituel. Ce premier salut avait eu lieu dans le bar d'un train reliant Paris à Londres. Sur le trajet du retour, ils étaient dans le même compartiment.

C'est là, pendant les quelques heures du voyage, qu'ils s'étaient trouvé mille sujets de conversation, dont moi.

François en était certain, leur rencontre avait eu lieu dans un œuf à Val-d'Isère. Il savait qu'il avait en face de lui, le visage caché par un bonnet de laine, le fameux Jean. C'était pourtant la première fois qu'il le voyait.

Il lui a demandé du feu. Jean a dû retirer ses gants pour chercher son briquet. Ils ont partagé une cigarette. La dernière du paquet de François. Ils avaient un peu froid car Jean avait baissé la petite fenêtre de l'œuf pour laisser la fumée s'échapper.

François cherchait un moyen de savoir si je ne lui avais pas menti. Le lien entre Jean et moi était-il aussi spirituel que je voulais bien le lui raconter ?

Le trajet en œuf était un peu court, dix minutes seulement, pour poser à un inconnu une question sur sa vie sexuelle. François voulait bien me croire. Puis, regardant Jean, si sûr de lui, il se disait que cela était impossible qu'il ne se soit rien passé.

François imaginait un baiser un peu raté et un peu baveux dans une boum l'année de notre bac.

Jean qui remontait ma jupe et moi qui me laissais faire.

Mariés tous les deux. Jean me plaquant contre la porte d'une cuisine lors d'un dîner chez lui.

Moi le consolant après l'enterrement de sa mère. François en était devenu obsédé. Il nous voyait nus, faisant l'amour sur une tombe, dans un compartiment de train, les toilettes d'un restaurant, sur la moquette d'un bureau, mes genoux en sang, dans un lit à baldaquin, dans une chambre aux murs recouverts d'un papier peint à rayures blanches et mauves.

La conversation avait bien eu lieu dans un

train, dans un Bourg-Saint-Maurice - Paris pour François, dans une Londres-Paris pour Jean.

Jean et François étaient d'accord sur un point. Il s'agissait d'un train à grande vitesse qui roulait vers Paris.

Et la question avait été posée.

« Mais, vous avez bien couché au moins une fois ensemble ? »

Avant cette question, Jean avait patiemment écouté toutes les interrogations de François.

François voulait savoir comment je dors. Nue ? Habillée ?

Suis-je de bonne humeur le matin ?

Et pour mon petit déjeuner, je préfère le thé ou un café ? et à l'heure de la sieste, je me glisse dans les draps ou je reste sur le couvre-lit ?

Jean avait avoué son ignorance sur la plupart de ces questions.

Il n'était certain que de mon habitude de prendre des bains en laissant dépasser mes pieds du rebord de la baignoire.

Jean n'avait pas osé lui révéler comment il avait obtenu cette information.

Jean lui avait raconté mes grimaces et mes soupirs.

La voiture de mon père qui passait lentement en bas de chez lui le dimanche soir. La nuit où j'avais cru l'entendre à mes côtés. Cette séance de cinéma avec cette fille dont Jean ne se souvient même pas du prénom et qui n'a eu qu'un rôle dans sa vie : me rendre jalouse.

Jean l'avait su avant tout le monde. Il a pu dire l'essentiel. Pour François, je serais peut-être capable d'abandon.

Si Jean a eu le courage de m'écrire, de venir chez moi, de m'embrasser, d'être à cet instant nu contre mon corps nu, c'était grâce à François.

Et c'est Jean allongé contre moi, qui m'a persuadée de composer le numéro de téléphone de François.

L'amour est la seule chose qui nous maintient en vie jusque dans la mort. Il n'est plus question d'orgueil. D'aimer parce que l'on vous aime. De dire « je t'aime » parce que l'autre vous a assuré de son amour.

Ces questions n'avaient plus d'importance. « Je t'aime et si tu ne m'aimes pas, je t'aime assez pour deux. » C'est une telle chance d'aimer.

C'est si facile de téléphoner à François. Il bafouille. « Je dois être ému. » Puis il se reprend : « Il faut nous voir tout de suite. Nous ne pouvons attendre. »

François me donne un rendez-vous très précis au coin de deux rues.

« Je vous embrasserai tout de suite. Ce sera une bonne chose de faite. Nous n'aurons pas à attendre que l'un de nous ose le premier. Nous serons alors plus à l'aise pour discuter de ce qui nous arrive. » Je marche très lentement, je peux me tromper. Je ne l'ai pas vu depuis si longtemps. Il est peut-être devenu laid ? Ou peut-être sent-il mauvais ? En vieillissant son corps s'est certainement ramolli et son esprit est devenu acariâtre. Je ne l'aime plus. Tout cela est si fragile. Et puis je le vois et je cours.

Ce qu'il me raconte est une évidence pour tous. Sauf pour moi. Mon esprit étant encombré de trop nombreuses et mauvaises lectures. Des étés entiers consacrés avec tant de plaisir à la lecture de tout Maurice Denuzière et Régine Deforges.

Lors de notre seule conversation, cinq ans auparavant, dans ce bar d'un hôtel, je lui avais parlé de Jean.

En paroles, je lui suis si fidèle. Il s'est demandé s'il n'était pas bêtement jaloux de ces années qui m'unissent à Jean. Je ne m'en rends même plus compte mais je ne peux pas m'empêcher de parler de Jean. Je passe des heures à détailler chaque rencontre et à tenter d'en cerner la signification même s'il n'y en a aucune. François doit pourtant deviner qu'il ne s'agit que d'un discours bien rodé.

« Et s'il ne m'a pas rappelée malgré mes cinq messages, c'est qu'il tient à moi. Quand c'est simple et qu'on n'aime pas, on rappelle tout de suite, non ?

– J'aimerais que vous vous interrogiez de façon aussi intense et imbécile sur moi », répond François.

C'est pourtant si simple de comprendre.

François est beaucoup plus simple que mon simple Jean. J'écoute François. S'il est là, c'est pour me parler, pour me voir, pour m'embrasser.

Il n'y a aucun sens caché dans ce qu'il me dit. S'il est là, c'est parce que cela lui fait plaisir d'être face à moi. Jean m'occupe alors qu'il n'existe plus vraiment. Je rêve de lui, je me demande encore si c'est possible. J'ai l'âge de regarder cette histoire avec objectivité, même si ce n'est pas un domaine où la raison a la meilleure place. C'est finalement assez simple, Jean et moi, nous n'allons pas ensemble. L'un à côté de l'autre, lui si grand et fort, et moi sans un gramme de muscle, cela jure. Nous avons raté mille occasions de nous aimer. Nous l'avons fait exprès, nous ne nous aimons pas. Enfin, pas vraiment. Juste un peu. Juste de quoi nous troubler légèrement quand nous nous croisons.

Si j'écrivais cette histoire, le lecteur aimerait qu'elle se termine avec Jean. Sur le papier, effectivement quelle belle histoire d'amour! Ils s'aiment à quinze ans, ils se retrouvent trente ans après. C'est beau comme un roman à l'eau de rose. François arrive alors comme un monstre, le personnage qui vient troubler cette belle histoire. Dans un mauvais film, il serait un séducteur aux tempes grises, jouissant de briser une douce romance. Avant de crier victoire, il me demanderait une assurance. Une lettre précisant que Jean est oublié, que je n'aime que lui. Cette lettre, prix de sa victoire, serait lue à haute voix à tous ceux qui dans notre quartier croient encore en moi.

Il pourrait alors pavaner: « Elle est comme les autres ». La victoire acquise, assuré que Jean est oublié, il n'aurait plus qu'à m'abandonner.

Mais nous ne sommes pas au cinéma. Moi qui aime les romans d'amour, François m'en a raconté un autre. Tout aussi beau et moins banal.

Mais pour cela, je dois grandir et renoncer à mes rêves idiots.

« Regardez-moi, regardez-vous, est-ce que nous ne sommes pas pareils tous les deux?

Arrêtez d'avoir peur. Je ne suis pas un monstre. »

François a été amoureux d'autres femmes avant moi.

Je sais que cela ne sera pas différent avec moi. Nous serons heureux, cela durera quelque temps et nous nous lasserons. Ses défauts m'agaceront, je commencerai à le trouver vieux. Aussi vieux que moi. J'avais raison, avec le temps son corps s'est ramolli. Non, il ne sent pas mauvais. Même au matin, j'aime encore l'embrasser sur la bouche. Pourtant, il m'agace, il n'est pas parfait. Son odeur, elle, n'a pas changé. Il me regarde et je suis encore belle. Peut-être que nous ne nous aimons plus ? Je ne sais pas. Si nous nous quittons, l'un de nous souffrira plus que l'autre et cela ne sera pas forcément moi. Je lui dis que je l'aime.

Il ne veut rien me promettre.

« Vous m'aimez ? Je ne peux rien faire pour vous. »

Il le sait mieux que moi, il n'y a pas d'amour éternel. Je me suis entichée de tant d'hommes que j'ai oubliés aujourd'hui. Ils m'aimaient aussi pourtant et il n'y avait pas d'obstacles pour nous séparer. Je n'ai pas eu besoin de donner leurs noms à François. Ils n'ont pas d'importance, c'est la même histoire qui se répète.

J'étais plus jeune, j'aimais et j'étais aimée en retour. On louait un appartement, si heureux et si naïfs. On croyait à une réserve d'amour intarissable. Six mois, trois ans, dix ans après et c'est la même envie d'en finir. Un des deux résiste. Il ne sait pas encore qu'il n'aime plus.

François me demande d'oublier Jean. Il me demande de le regarder. Il me dit qu'il est comme moi, qu'il ne goûte pas les histoires moyennes, qu'il ne peut se contenter de légèreté. Ma conversation lui plaît. Il est flatté que les hommes me regardent encore dans la rue. Il avoue qu'il a du plaisir à me raconter des choses qu'il ne dit à personne d'autre, mais ce n'est pas suffisant pour appeler cela de l'amour. C'est injuste mais c'est ainsi. À moi de prendre les risques, car dans notre histoire, c'est moi qui l'aime plus qu'il ne m'aime. L'égalité n'existe pas en amour. Nous n'habiterons jamais ensemble, nous n'aurons pas d'enfants, la seule chose qu'il peut me promettre, ce sont de beaux souvenirs et peu de regrets.

Je suis prête à prendre tous les risques.

Je ne suis pas folle. François n'est pas cynique. Notre histoire est belle. Nous pouvons être heureux ensemble et pas seulement pour quelques mois ou quelques années. Nous n'avons pas besoin de jeter notre vie d'avant, elle nous appartient. Elle est toujours là. Un jour, peut-être, François m'aimera autant que je l'aime.

François est toujours là. Il n'ose pas me regarder. Il baisse les yeux quand il me parle. Il est intimidé. Je sais ce que cela signifie. Je suis une professionnelle du regard baissé. Il me le chuchote : « Je n'ose pas trop vous regarder. » Je suis gênée alors je regarde ma montre. Il regarde la sienne. Et il s'explique aussitôt : « Si je regarde ma montre, c'est pour faire comme vous. Vous faire croire que j'ai autre chose dans ma vie d'important que de vous regarder. » Il sait comme moi que c'est faux. Il n'y a rien de plus important à ce moment précis. Plus tard. Il y aura d'autres choses importantes. Là, non. Tout est là, dans nos yeux qui se croisent, très vite. Comme le regard de Jean dans le train pour Manchester.

Le moment de penser à Jean. Rien ne vient. Je m'applique à retrouver des sentiments trop anciens. Quand Jean m'a dit qu'il ne pouvait déjeuner avec moi car il aurait trop envie de m'embrasser. Même cette réplique qui m'avait tant plu me paraissait fade. J'ai usé Jean jusqu'à la corde. La peur, l'inquiétude, le trouble avec Jean, j'ai tout oublié.

Cela fait quelques minutes que François et

moi nous nous tenons debout l'un en face de l'autre au coin de deux rues. Nous ne nous sommes toujours pas embrassés. Et c'est comme si nous étions nus.

Est-ce que j'arriverai à m'habituer à sa présence ? Des minutes, puis des heures, des journées entières à le regarder.

Une vie normale sera-t-elle possible avec François ? S'il sait tout, devine tout, si je suis obligée de tout dire, si je n'ai plus de secrets ?

Et s'il dort, serai-je capable de dormir, de ne pas le regarder, de tenter de l'apprendre par cœur ? Une journée entière, serai-je capable de me nourrir, de me taire ? Est-ce que j'arriverai à presque l'oublier ?

Et si lui aussi m'aime un jour et s'il se lance, « Je t'aime », est-ce que je serai capable de l'entendre ?

Et si ces jours avec François s'additionnent, au bout de combien de temps la vie quotidienne deviendra normale dans une vie avec François ? Au bout de combien de temps, l'inévitable agacement réciproque ? cent, trois, mille jours, quel sera le jour en trop qui nous fera basculer dans l'habitude puis le désaccord ? Qui saura le premier que notre histoire est terminée ? et si vous me quittez pour une autre ? Et si vous ne m'aimez plus ?

Mes questions sont inutiles. Je le sais. François est toujours là. Il n'y aura pas de morosité au cours de nos longues années ensemble. Il n'y aura que de l'amour déraisonnable volé sur le temps et les autres.

Un jour, je cesserai d'avoir peur, je m'abandonnerai, je le regarderai avec confiance, et ce jour-là François me dira : « Je t'aime. » S'il ne m'aime pas, je ne serai pas triste. C'est moi qui vis encore et lui qui a renoncé. Nous avons le même âge mais il doit être plus vieux que moi. Il se dit qu'il a suffisamment aimé, qu'il faut savoir mourir tranquillement. Ou peut-être aime-t-il déjà ailleurs ? Elle est plus jeune et plus belle. Il m'a déjà trop attendue.

On me l'a répété et j'ai écouté. Je suis si absurde. Je ne sais pas penser par moi-même. J'écoute avidement quinze avis contradictoires et je file au premier vent mauvais. Je crois donc que c'est cela aimer ?

François a raison, je suis une imbécile doublée d'une aveugle. Je regrette seulement de ne pas être sourde. François pourrait m'aimer si j'étais sourde et muette. Ce serait la meilleure solution. Cette délicate mutilation me fait peur. Il serait plus judicieux que je parte en courant. Je pourrais retourner chez Jean. Il m'apprécie telle que je suis, incapable d'aimer.

François est toujours là. Il a levé ses yeux vers moi. Il doit commencer à s'habituer.

Avant de partir en courant, trop contente d'avoir échappé à une histoire qui pourrait ressembler à de l'amour, je l'ai regardé une dernière fois.

J'ai passé ma vie à fuir, je me suis cachée, j'ai menti à moi-même et aux autres, je n'ai aimé qu'en secret, je me suis toujours trompée et j'ai imaginé les pires choses qui n'existent pas. Je ne suis finalement qu'une pauvre innocente, croyant que les gens veulent mon bonheur, qu'ils vont me protéger de moi-même. Ils souhaitent juste que notre amour ne fasse pas d'ombre à leurs vies si ternes. Quand je pense que certains m'envient, s'ils savaient la petite chose que je suis, il n'y aurait plus de jaloux.

François a soulevé mon menton de sa main gauche vers lui.

« Levez vos yeux rougis vers moi. On ne prête qu'aux riches. Dans quel camp voulez-vous vivre, riche, libre et en bonne santé, ou pauvre, emprisonnée et malade ? »

La réponse à cette question ne me paraît pas trop compliquée. Je devrais être capable de répondre.

Si je donne la bonne réponse, François embrassera d'abord le creux de ma main puis mon poignet si étroit. Comme il m'a vue le faire avec mes enfants, il aura le droit de caresser mon front, ma main se coulera le long de son visage et enlacera son cou. Je serai impatiente que mes lèvres se rapprochent des siennes. Il tremblera. Il me faudra être patiente. Je l'excuserai, ce sont toutes mes faiblesses qui le troublent. J'aurai pris de l'assurance. Sa main droite m'enlacera plus fermement. Je serai audacieuse et il ne sera pas plus étonné que cela.

De mes deux mains, je déboutonnerai sa chemise bleue en le regardant dans les yeux avec ce léger sourire qui me va si bien. Il ne me verra pas. Ses yeux seront fermés. Il sera déjà nu, il n'aura pas encore osé dégrafer ma robe rouge. Il est si malhabile. Ses doigts tenteront vainement de passer de minuscules boutons dans d'encore plus minuscules boutonnières. J'aurai alors pitié et je les arracherai d'une seule main. Je suis si douée. Nous serons alors nus, tous les deux à égalité. Il retrouvera cette assurance un instant perdue pour me renverser sur le lit. Il sait que je crierai car c'est la première fois que j'aime avec abandon. Il sait aussi que s'il me le demandait, là maintenant, je serais enfin capable de tout quitter pour lui, mes poses et mon confort. Ce serait trop tôt, ivre de tant amour je suis prête à accepter n'importe quoi. Il s'en voudrait de profiter de la situation. Il a quelques scrupules. Il aime tant me voir saoule. Ce n'est que la première fois, il y en aura tant d'autres. Je suis allongée nue sur le ventre, le haut du dos légèrement soulevé, mon menton soutenu par mes mains, je me crois à la plage. Sa main droite est posée sur mes fesses, elle glisse entre elles, sa main gauche est passée sous mon ventre et me soulève davantage. Je suis désormais face à lui, ma jambe enlace ses cuisses, il n'a aucun effort à faire pour me prendre à nouveau. Je le supplie de me garder contre lui à jamais. C'est désormais lui qui a peur. Il me rappellera qu'il y a quelques heures à peine j'écoutais la moindre rumeur sur lui, et je voudrais qu'il me fasse confiance ? J'ai honte. Je lui offre tous les gages de la terre. Il n'en veut aucun. Quand nous nous sommes rencontrés, il y a cinq ans, je ne comprenais rien. Il me voulait entière, sans ces Jean qui m'encombrent. Puis j'avais cru deviner qu'il jouait avec moi comme avec une poupée parce qu'il ne voulait pas me partager avec mon mari et qu'il refusait de voir mes minauderies. Il ne pouvait pas dire « Je t'aime, je te désire » à une menteuse, que ces mensonges s'adressent encore une fois à moi-même ou aux autres. Il m'aimait peut-être déjà en secret. Il est certainement désolé de m'avoir fait souffrir. Aujourd'hui, je suis nue contre lui, mes cheveux sont lâchés, ma main est abandonnée sur le bas de son ventre, elle descend doucement, comme par inadvertance, je caresse son sexe, il ne se rend probablement pas compte que ma bouche est brûlante. Il doit pourtant m'entendre respirer plus profondément, je dois retenir mon souffle.

Je pourrais ne jamais arrêter. Il s'abandonne comme j'aimerais un jour être capable de m'abandonner contre lui. Il sait mes pensées, il peut les réciter à ma place.

Nous allons connaître quelques jours ou quelques mois de bonheur. Notre lit sera notre maison. Un matin, sa voix aura changé, un ton plus léger que je ne connais pas encore. Nos conversations seront plus rapides, j'aurai peur. Et s'il ne m'aimait pas ? Je chercherai dans notre passé si récent les signes de ce désamour. Lors de notre dernier déjeuner, nous cherchions péniblement des sujets de conversation : la queue à la boulangerie, le temps qu'il fera demain, un film à aller voir. Par habitude, il me posera quelques questions. Pourquoi je l'aime plus que les autres. Je plongerai dans mes souvenirs, j'aurai la tête ailleurs. Je mentirai et je ne préfère pas répéter mes mensonges. Il sera question de beauté, d'intelligence, « parce que je n'ai jamais rencontré quelqu'un avec qui je suis moi-même », des banalités que l'on raconte dans ces cas-là. Il fera semblant de me croire. Il répondra : « Je suis ravi ».

Je tenterai déjà de m'échapper. Je chercherai n'importe quel prétexte, une autre femme, un autre homme, pour m'enfuir.

Depuis quelques heures, il est trop tard, je suis sa prisonnière. Ce n'est qu'un sursaut de mon passé de peureuse. Je vais m'habituer à notre amour. Nous ne ferons pas pitié, les jaloux se déchaîneront. Nous passerons au tribunal, nous sommes si charmants, ce sera notre seule justification.

Nous marchons dans la rue, nos mains sont fermement enlacées, nous nous embrassons, François ne ferme plus les yeux. Il m'entraîne à l'abri du porche d'un immeuble, il déboutonne mon corsage d'une main, grâce à moi il a progressé. J'ai peur.

Nous serons seuls tous les deux et les plus forts du monde. Il me connaît par cœur. Il sait que parfois je me perds à nouveau dans mes rêves.

Je monte dans un taxi, le chauffeur déteste Mozart mais adore Mike Brant, il porte la même eau de toilette que Jean à scize ans.

Cette année si particulière où Jean et moi n'avons échangé que quelques mots. Il me demande quelle est ma chanson préférée, je suis incapable de lui donner un titre, et je ferme les yeux. J'ai le droit de rêver. Jean est à mes côtés et la radio hurle :

Laisse-moi t'aimer toute une nuit
Laisse-moi toute une nuit
Faire avec toi le plus long, le plus beau
voyage.
Veux-tu le faire aussi ?

J'ai toujours quinze ans et des bagages beaucoup trop lourds pour les porter toute seule. Jean propose de m'aider. Il est d'accord pour Georges Descrières, il préfère que j'oublie David Bowie et tous les autres.

Il n'y a pas tant de place chez lui.

GROUPE CPI

Achevé d'imprimer en mai 2008
par **BUSSIÈRE**
à Saint-Amand-Montrond (Cher)
N° d'édition : 96663. - N° d'impression : 80778.
Dépôt légal : juin 2008.
Imprimé en France

Collection Points

DERNIERS TITRES PARUS

P1910. Des louves, *Fabienne Jacob*
P1911. La Maîtresse en maillot de bain. Quatre récits d'enfance *Yasmina Khadra, Paul Fournel, Dominique Sylvain et Marc Villard*
P1912. Un si gentil petit garçon, *Jean-Loup Chiflet*
P1913. Saveurs assassines. Les Enquêtes de Miss Lalli *Kalpana Swaminathan*
P1914. La Quatrième Plaie, *Patrick Bard*
P1915. Mon sang retombera sur vous, *Aldo Moro*
P1916. On ne naît pas Noir, on le devient *Jean-Louis Sagot-Duvauroux*
P1917. La Religieuse de Madrigal, *Michel del Castillo*
P1918. Les Princes de Francalanza, *Federico de Roberto*
P1919. Le Conte du ventriloque, *Pauline Melville*
P1920. Nouvelles chroniques au fil de l'actualité. Encore des mots à découvrir, *Alain Rey*
P1921. Le mot qui fait mouche. Dictionnaire amusant et instructif des phrases les plus célèbres de l'histoire *Gilles Henry*
P1922. Les Pierres sauvages, *Fernand Pouillon*
P1923. Ce monde est mon partage et celui du démon *Dylan Thomas*
P1924. Bright Lights, Big City, *Jay McInerney*
P1925. À la merci d'un courant violent, *Henry Roth*
P1926. Un rocher sur l'Hudson, *Henry Roth*
P1927. L'amour fait mal, *William Boyd*
P1928. Anthologie de poésie érotique *Jean-Paul Goujon (dir.)*
P1929. Hommes entre eux, *Jean-Paul Dubois*
P1930. Ouest, *François Vallejo*
P1931. La Vie secrète de E. Robert Pendleton *Michael Collins*
P1932. Dara, *Patrick Besson*
P1933. Le Livre pour enfants, *Christophe Honoré*
P1934. La Méthode Schopenhauer, *Irvin D. Yalom*
P1935. Echo Park, *Michael Connelly*
P1936. Les Rescapés du Styx, *Jane Urquhart*
P1937. L'Immense Obscurité de la mort *Massimo Carlotto*
P1938. Hackman blues, *Ken Bruen*

P1939. De soie et de sang, *Qiu Xiaolong*
P1940. Les Thermes, *Manuel Vázquez Montalbán*
P1941. Femme qui tombe du ciel, *Kirk Mitchell*
P1942. Passé parfait, *Leonardo Padura*
P1943. Contes barbares, *Craig Russell*
P1944. La Mort à nu, *Simon Beckett*
P1945. La Nuit de l'infamie, *Michael Cox*
P1946. Les Dames de nage, *Bernard Giraudeau*
P1947. Les Aventures de Minette Accentiévitch
Vladan Matijeviç
P1948. Jours de juin, *Julia Glass*
P1949. Les Petits Hommes verts, *Christopher Buckley*
P1950. Dictionnaire des destins brisés du rock
Bruno de Stabenrath
P1951. L'Ère des dragons. Le Cycle de Kraven II
Xavier Mauméjean
P1952. Sabbat Samba. La Trilogie Morgenstern III
Hervé Jubert
P1953. Pour le meilleur et pour l'empire, *James Hawes*
P1954. Doctor Mukti, *Will Self*
P1955. Comme un père, *Laurence Tardieu*
P1956. Sa petite chérie, *Colombe Schneck*
P1957. Tigres et tigresses. Histoire intime des couples présidentiels sous la Ve République
Christine Clerc
P1958. Le Nouvel Hollywood, *Peter Biskind*
P1959. Le Tueur en pantoufles, *Frédéric Dard*
P1960. On demande un cadavre, *Frédéric Dard*
P1961. La Grande Friture, *Frédéric Dard*
P1962. Carnets de naufrage, *Guillaume Vigneault*
P1963. Jack l'éventreur démasqué, *Sophie Herfort*
P1964. Chicago banlieue sud, *Sara Paretsky*
P1965. L'Illusion du péché, *Alexandra Marinina*
P1966. Viscéral, *Rachid Djaïdani*
P1967. La Petite Arabe, *Alicia Erian*
P1968. Pampa, *Pierre Kalfon*
P1969. Les Cathares. Brève histoire d'un mythe vivant
Henri Gougaud
P1970. Le Garçon et la Mer, *Kirsty Gunn*
P1971. L'Heure verte, *Frederic Tuten*
P1972. Le Chant des sables, *Brigitte Aubert*
P1973. La Statue du commandeur, *Patrick Besson*
P1974. Mais qui est cette personne allongée dans le lit à côté de moi ?, *Alec Steiner*